WISHBOOKS GAME FANTASY STORY

판렙 플레이어 15

비츄 게임 판타지 장편소설

초판 1쇄 찍은 날 | 2019년 6월 11일
초판 1쇄 펴낸 날 | 2019년 6월 18일

지은이 | 비츄
펴낸이 | 예경원

기획 | 위시북스
편집책임 | 이규재
편집 | 위시북스

펴낸곳 | 예원북스
등록번호 | 제396-2012-000132호
등록일자 | 2012. 7. 25
KFN | 제1-423호

주소 | 경기도 고양시 일산동구 호수로 646-24 위너스21II빌딩 206A호 (우)10401
전화 | 031-819-9431 팩스 | 031-817-9432
E-mail | yewonbooks@naver.com

ⓒ비츄, 2018

ISBN 979-11-6424-332-7 04810
         979-11-6098-880-2 (set)

15

WISHBOOKS GAME FANTASY STORY

비츄 게임 판타지 장편소설

만렙 플레이어

Wish Books

CONTENTS

1장
착한 절대악(2)

알림이 들려왔다.

-'성족을 사살한 최초의 플레이어' 업적을 달성하였습니다.
-일반 성족이 아님을 확인합니다. 타락천사의 정체성을 확인
합니다.

성족을 사살하기는 했는데 일반 성족이 아니라 타락천사란
다. 성족도 아니고 마족도 아닌, 어중간한 존재. 그 존재를 처
음으로 사살한 플레이어라는 업적을 따냈다.

-축하합니다!
-히든 피스 한 조각을 완성시켰습니다!

그리하여 보상이 주어졌다.

-MAX 상태의 Suffénus(악명)를 확인합니다.

MAX 상태에 이른 뒤, 더 이상은 오르지 않던 Suffénus(악명)에 변화가 생겼다.

-Suffénus(악명)가 '위명'으로 전환됩니다.

'위명?'
위명. 글자 그대로 한다면 위대한 이름이다. 곧 이에 대한 배경 정보가 머릿속에 전해졌다.
대략적인 개념은 이러했다.
'평화로운 시기에 10명을 죽이면 살인마지만, 전쟁 시기에 10만 명을 죽이면 영웅이다…… 라.'
올림푸스가 전해준 개념은 이보다 복잡하고 다채로웠지만 극단적으로 간략하게 설명하면 이런 개념이었다.
'어중간하게 나쁜 놈은 그냥 나쁜 놈인데, 진짜 갈 데까지 간 나쁜 놈은 오히려 위대한 취급을 받는다고?'
더 정확하게 말하자면.
'명분이 있는 나쁜 놈.'

아무 명분 없이 10만을 학살하면, 혹은 말도 안 되는 이유로 10만을 학살하면 아무리 악명을 쌓아도 쓰레기다. 그냥 쓰레기에서 더 나쁜 쓰레기가 되는 거다. 그런데 명분이 있다면? 나의 조국을 위하여. 나의 가족을 위하여. 나를 핍박하고 침해하는 어떤 악의적인 세력에 저항하기 위하여 그랬다면?

'나는 명분이 있는 나쁜 놈이 된 거고.'

그래서 Sufténus(악명)가 '위명'으로 전환된 것 같다.

-사망 시 아이템 드랍율이 1퍼센트로 조정됩니다.

-사망 시 재접속 가능 시간이 12시간으로 감소합니다.

-모든 공식기관의 이용이 불가 조건이 해제됩니다.

-일반적인 NPC와의 거래가 가능합니다.

-거래 시스템 활성화가 가능합니다.

겉으로 보이지는 않지만 한주혁은 풀카오다. 마기를 감출 수 있을 뿐. 어쨌든 본질은 풀카오였다는 소리다. 그런데 이제는 그 풀카오 조건이 사라졌다.

'이게 뭐야?'

사망 시 드랍율도 엄청나게 줄어든 것도 줄어든 건데.

'재접 시간이 12시간밖에 안 돼?'

일반 플레이어들은 24시간이다. 그 절반 수준이다.

'이거 잘만 사용하면 뒤통수 제대로 칠 수 있겠는데?'

성좌가 됐든, 성좌가 연합하는 제국 혹은 성족이 됐든. 재접속 불가 시간을 48시간으로 가정하여 움직일 것이 분명했다. 그런데 12시간이라니.

'좋네.'

재접 불가 시간만 있는 게 아니다.

'세아한테는 경이로운 부활 스킬까지 있으니.'

구체적으로 콕 집어 말하기는 어려워도 이런저런 패들을 조합하면 더욱 좋은 결과를 이끌어낼 수 있지 않겠는가.

악명이 위명으로 전환되면서 칭호 역시 변화했다. 한주혁은 악명을 얻기 시작했을 때, '천살성'이라는 칭호를 얻었었고 이것이 모태가 되어 '절대악'이라는 칭호를 얻게 되었다. 절대악은 클래스이자 칭호였었다.

<칭호>

(1)절대악: 세계를 어지럽히고 질서를 무너뜨릴 힘과 운명을 가진 자. 모든 세계인들을 적으로 돌릴 수 있는 배짱과 담력을 가져야 하며, 자신만의 길을 개척해 나갈 수 있어야 한다. 그가 가는 길은 피에 물든 길이고, 그가 가는 길에는 파멸만이 있을 것이다.

그런데 이 절대악 칭호에 변화가 생겼다.

랭커 플레이어

(1)절대악: 세계를 바로잡고 질서를 재정립할 수 있는 힘과 운명을 가진 자. 모든 세계인들을 적으로 돌릴 수 있는 배짱과 담력을 가져야 하며, 자신만의 길을 개척해 나갈 수 있어야 한다. 그러나 반대로 모든 세계인들을 포용할 수 있는 포용의 리더십을 품어야 한다. 그가 가는 길은 명예로운 피로 물든 길이 될 것이며, 그가 가는 길에는 뼈아픈 개혁이 있을 것이다.

척 보기에도 많이 좋아졌다.

'이런 건 근데 의미 없잖아.'

칭호가 변했으면, 그에 따라 무슨 칭호 효과를 주고 그래야 하는 거 아니냐? 효과는 그대로인데.

칭호 효과:
  -파천심공 강화
  -절대악 포인트 획득
  -플레이어/NPC 사살 시 경험치 +20%
  -모든 흑마법의 산물에게 강력한 저항력 보유
  -?

한주혁의 생각을 읽은 것인지도 몰라도 정확하게 그 타이밍에 알림이 이어지기 시작했다.

-절대악 칭호 효과의 발현 조건을 만족하였습니다.

'어? 이 알림은?'

예전에도 들었었다. 원래 절대악 칭호 효과는 물음표가 두 개였었다. '흑마법의 산물에게 강력한 저항력 보유'라는 칭호 효과가 개화되기 전까지는 말이다.

-베일에 가려져 있던 절대악 칭호 효과가 개화합니다.

저번과 마찬가지였다.

'마지막 칭호 효과 발현 조건이 타락천사를 최초로 사살하는 거였어?'

이쯤 되면 잿더미가 된 채순덕에게 감사하다고 절이라도 해야 하는 거 아닌가.

'사실 성좌는 나를 키워주는 경험치 클래스인가?'

결과만 놓고 보면 거의 그 정도 아닌가 싶다.

-보유 중인 절대악 포인트를 확인합니다.
-보유 중인 절대악 포인트가 932개로 확인됩니다.

한주혁조차도 찔끔 놀랐다.

'이렇게 많이 쌓여 있었어?'

절대악 포인트에 그다지 신경을 쓰지 않고 있었다. 딱히 사용할 일도 별로 없었고. 신경 안 쓰고 있었는데 900개가 넘게 쌓였단다.

'하기야…….'

여태까지 했던 일들을 살펴보면 900개 이상 쌓여도 이상할 건 없었다. 200년간, 인류 그 누구도 하지 못했던 일들을 많이 해오지 않았던가.

-절대악 칭호 효과 개화를 위하여 보유 중인 절대악 포인트를 모두 소모합니다.
-절대악 포인트가 소비됩니다.

그리하여 결국 마지막 '?' 항목이 발현되었다.

-칭호 효과 개방이 완료되었습니다.
-비정상적인 스탯을 영구적으로 정상화합니다.
-절대악 포인트가 모든 절대악 효과에 영향을 끼칩니다.
-절대악 칭호 효과가 새롭게 변화합니다.

칭호 효과:
  -파천심공 강화
  -플레이어/NPC 사살 시 경험치 x10

-플레이어/NPC 사살 가능 권능
-모든 흑마법의 산물에게 강력한 저항력 보유
-비정상 스탯 영구적 정상화 효과

천세송은 한주혁을 물끄러미 쳐다보기만 했다.

'방해하면 안 될 거 같아.'

그녀가 파악하기로 채순덕을 3번이나 죽였다. 그에 따라 어떠한 보상이 주어지고 있을 것이 분명한데, 오빠가 이 정도로 아무 말도 안 하고 있는 것을 보면 상당히 중요하거나 큰 보상일 것이 틀림없었다.

'도대체 뭘까?'

도대체 뭐길래 우리 오빠가 이렇게까지 조용할까?

'오빠 정도 지능이면 한 번 슥 읽으면 다 머릿속에 입력될 텐데.'

궁금했다. 하지만 방해하지 않기로 했다. 천세송이 궁금함을 참으면서 끈기 있게 기다리고 있는 그 시점에도, 한주혁에게는 알림이 이어졌다.

-행운 스탯 정상화 작업이 완료되었습니다.
-행운 스탯이 30으로 상향 조정되었습니다.

행운이 정상화됐다. 이제 용병왕의 철퇴 같은 거 없이도 몬스터들을 때려잡을 수 있다. 다른 플레이어들과 마찬가지로 아이템 드랍이 잘될 거다.

'행운 스탯도 정상.'

뿐만 아니라.

'사살 권능 획득?'

플레이어나 NPC를 죽여도 이제는 불이익이 전혀 없단다. 여태까지도 크게 불이익이 있는 건 아니었지만 기분은 나쁘지 않았던가.

한국의 기득권층이 주야장천 주장하는 것이 바로 이것이었다. 아무리 좋게 포장하고 아무리 착한 척해도, 결국은 풀카오라고. 한국은 물론이거니와 전 세계적으로도 풀카오는 환영받지 못한다.

언론도 항상 이 점을 집요하게 물고 늘어졌다.

'이제 뭐로 공격할래?'

그런데 이제 풀카오 조건이 해제됐다. 앞으로도 풀카오가 될 일이 없다. 갱신된 절대악 칭호 효과가 그걸 가능하게 만들어줬다.

한주혁이 씨익 웃었다.

'개이득.'

아직 성좌 사살 보상은 주어지지도 않았다. 한 차례 폭풍 같은 알림과 정보전송의 시간이 지난 뒤. 성좌 3번 사살에 대한 보상 알림도 들려왔다.

-대단합니다!

-성좌를 3번 사살하는 데에 성공하였습니다!

전투 결과창이 업데이트되었다.

<전투 결과>

　1. 1번 성좌 루펜달

　2. -

　3. 3번 성좌 다르크 (1/3)

　4. 4번 성좌 Siri (0/3)

　5. 5번 성좌 채순덕 (3/3) -보상 확인

　6. 6번 성좌 ? (0/3)

　7. 7번 성좌 루나 (1/3)

'뭐가 주어졌으려나?'

　보상을 확인하려고 했다. 성좌 퀘스트는 메인 시나리오 퀘스트인 만큼 허접한 보상은 주지 않는다. 점점 확장되고 있는 세계관과 시나리오 속에서 그 역할을 톡톡히 해줄 무언가가 주어질 것이 틀림없었다.

　'근데……'

　그렇게 생각했는데 상황이 그리 여유롭기만 한 것은 아니었다.

　세송에게서 귓말이 왔다.

-오빠. 뭔가 변화가 있어요.

-응. 나도 보여.

채순덕을 사살하는 것까지는 성공했다. 그런데 5번 성좌. 광휘의 지휘자답게, 그냥 끝나는 건 아닌 듯했다.

철수하려던 공중파 3사 기자들 몇 명이 몬스터에게 잡아 먹혔다.

"크아아아악!"

기자들이 비명을 질렀다. 한주혁이 인상을 찌그렸다.

'악취미군.'

광휘의 지휘자는 특수한 필드를 만들어낸다. 설정값을 조정하는 특별한 클래스.

-주인을 잃은 '키메라 군단'이 혼란에 휩싸였습니다.

-'키메라 군단'이 적의를 표출합니다.

저 키메라 군단은 플레이어에게 고통을 줄 수 있는 것 같았다. 게다가 '악마의 대저택'과 마찬가지로, 상당히 현실적인 감각과 시각적 영상을 제공했다.

'실제로 팔이 뜯겨 나갔어.'

저렇게 비명을 지르는 걸 보면 거의 실제에 준하는 고통까지 느끼고 있을 터.

한주혁은 잡아먹히고 있는 기자들을 향해 백참격을 사용했

다. 차라리 자신에게 죽으면 고통이라도 느끼지 않고 로그아
웃이 가능하지 않은가.

백참격에 의해 사망한 플레이어들은 검은 잿더미가 되었다.
오히려 그들이 한주혁에게 고맙다고 말했다.

"가, 감사합니다."

"실제 고통이 느껴졌던 모양이죠?"

검은 잿더미가 된 기자가 황급히 말했다.

"그, 그렇습니다. 덕분에 살았습니다. 정말 감사합니다."

평생 느껴보지 못한 극심한 통증과 끔찍한 감각이었다. 한
주혁이 어깨를 으쓱했다.

"다행히 현실 몸이 정신을 잃지는 않은 모양이네요. 그런데
참 이상해요. 절대악인 내게는 이런 괴팍하고 악취미적인 능력
이 없는데. 자칭 애국자인 성좌들은 왜 이런 능력들을 갖고 있
는 거죠?"

"……."

"참 개 같은 능력들을 많이 갖고 있어요. 명색이 성좌들인
데. 그렇죠?"

기자는 아무런 대답도 하지 못했다. 사실 그도 직장이 여기
라서 그렇지 마음속으로는 절대악을 응원하고 있다. 어쨌든
한주혁의 말이 끝남과 동시에 알림이 이어졌다.

-주인을 잃은 '레피아 기병대'가 폭주합니다.

레피아 기병대원들의 눈이 시뻘겋게 물들어 있었다.

"주군의 복수를 위하여……!"

피눈물이 흘러내렸다. 거기서 끝이 아니었다.

-주인을 잃은 '두마도스 공중전대'가 모습을 드러냅니다.

-계약 상위 주체를 잃은 '타락천사'가 폭주합니다.

한주혁은 황당했다.

'얘네 진짜 뭐냐?'

레피아 기병대는 그냥 토러스 기병대로 치면 된다. '두마도스 공중전대'는 이름만 요란할 뿐, 비행형 몬스터들의 집합체로 보였다.

꼬꼬는 요즘 인간의 언어를 많이 습득하고 있다. 특히 한주혁의 언어를 많이 배웠다.

키에에엑!

꿇어라. 좆밥들아!

꼬꼬가 하늘로 날아오르자 두마도스 공중전대는 얌전히 땅에 내려앉았다.

키에엑!

꼬꼬는 제왕의 기개를 가지고서 두마도스 공중전대라 이름 붙은 몬스터들을 오만하게 내려다보며 크게 원을 그리며 날았다. 마치 내가 위대한 펫 1호라고 주장하는 것처럼.

이로써 두마도스 공중전대는 정리 끝.

'타락천사는 폭주해 봐야 가든의 밥이고, 키메라 군단은……'

한주혁이 옆을 봤다. 천세송이 '흐흐흐' 하고 웃고 있었다. 평소의 천세송답지 않게 상당히 음흉했다.

"아주 좋은 시체들이네요. 상태가 극상이랍니다. 흐흐흐흐흐."

고통을 줄 수 있는 필드. 페인 필드를 펼칠 수 있는 키메라 군단. 이것은 천세송에게 먹음직스러운 먹이고.

이쯤 되면 진짜 의심스럽다.

'진짜 절대악 육성하기 프로젝트야?'

레피아 기병대는 토러스 기병대의 일용한 양식이며, 키메라 군단은 앱솔루트 네크로맨서의 좋은 재료, 두마도스 공중전대는 꼬꼬의 부하들이 될 것으로 예상되며, 타락천사는 아주 좋은 경험치이자 히든 피스 클리어 조건이었다.

'순덕아, 고맙다.'

준비하고 있던 패들이 어쩜 이렇게 고마운지. 이쯤 되면 츤데레(겉으로는 틱틱대며 퉁명스럽게 굴지만 속으로는 좋아한다는 뜻) 아닌가 싶다.

'가만.'

그런데 딱 하나. 고맙지 않은 것이 있었다. 한주혁의 얼굴이 굳어졌다.

'이거. 실화냐?'

정확한 확인이 필요했다. 한주혁은 인상을 찡그렸다.

구마도스 공중전대가 됐든 레피아 기병대가 됐든 폭주하는 타락천사가 됐든 키메라 군단이 됐든. 그런 건 별로 중요하지 않았다.

어차피 그래 봐야 성좌가 가진 허접한 패에 불과했으니까.

각각에 대한 역 카운터. 그것도 아주 강력한 역 카운터를 가지고 있으니까.

'저건……'

한주혁도 예전에 인터넷에서 본 적이 있다.

-플레이어들이 세뇌되어 육체를 빼앗긴다.

-육체를 빼앗긴 플레이어들은 스스로 캐릭터를 삭제해야만 벗어날 수 있다.

이러한 내용들을 봤었다. 한주혁은 그러한 내용에 크게 신경 쓰지 않았다. 어떤 특수한 능력을 가진 몬스터 NPC가 그러한 능력을 가지고 있다고 본다면 그렇게 이상할 것도 없었으니까. 상상하는 모든 것이 이루어지는 세계가 올림푸스 아니던가.

-세뇌된 플레이어들의 정신 속박이 해제됩니다.
-세뇌된 플레이어들이 폭주하기 시작합니다.

한주혁은 잠시 상황을 지켜봤다.

'플레이어들이 분명해.'

자의로 움직이는 것 같지는 않지만 플레이어들이 틀림없었다.

'성좌가 아무런 이유도 없이 플레이어들을 세뇌했을 리는 없고.'

플레이어들은 약하다. 레벨이 정말 높다고 자부하는 이들의 레벨이 100이 채 안 된다.

한주혁 기준에서는 플레이어들이 아무리 강해봤자 의미가 없다. 성좌도 그걸 알고 있을 거다. 그걸 알고 있는 성좌가 굳이 플레이어들을 세뇌하여 자신의 권속으로 만드는 이유가 무엇이 있을지 생각해 봤다.

'자의로 움직이는 건 아닌 것 같고.'

육체를 빼앗은 게 맞는 것 같다. 한주혁의 눈에 마나의 흐름이 읽혔다.

'강력한 마나의 흐름……'

플레이어가 가질 수 없을 정도의 강대한 흐름이 느껴졌다.

'느껴진다.'

이것은 일반 플레이어들이 아니었다.

'자살 폭탄 테러?'

이쪽을 향해 달려들었다.

'이거. 느낌이 안 좋아. 그것도 아주 많이.'

한주혁이 천세송을 자신의 등 뒤로 잡아당겼다.

-스킬. 악신의 가호를 사용합니다.

한주혁의 몸 주변에 거무스름한 돔이 생겨났다. 그와 동시에 거대한 폭발이 일었다.

'자살 폭탄이 맞긴 맞는데.'

플레이어들을 활용하여 자살 폭탄을 만들었다.

'그런데……'

그것까지는 그럴 수 있다 치는데 느낌이 많이 안 좋았다. 폭발의 파편. 찢어져 나간 팔 하나가 '악신의 가호'에 부딪쳤다. 퍽! 소리와 함께 터져나가 버렸다.

'피 하나하나가 전부 맹독성 물질.'

이 공격에 마성격이 반응했다. 마성격은 한주혁조차도 인정하는 사기급 스킬. 보랏빛 운무와 검은색 마창이 쏟아지기 시작했고 상황은 이내 정리되었다.

한주혁은 주변을 둘러봤다.

'끔찍하군.'

한주혁은 천세송의 눈을 가려주었다. 주변은 끔찍했다. 적게 잡아도 수십 명 이상의 플레이어가 자신의 몸을 폭탄으로 사용했다.

마치 빨간색 빈대떡을 여기저기 뿌려놓고 뭉개놓은 것 같았다. 보통의 경우, 올림푸스는 이런 장면을 허용하지 않는다. 이건 일부러 연출된 거다. 무언가가 있다는 뜻일 확률이 높았다.

'느낌이 안 좋아.'

성좌를 3번 사살했다는 알림도 들려왔다.

-축하합니다!

-5번 성좌를 3번 사살하는 데에 성공하였습니다!

-보상이 산정됩니다.

채순덕을 세 번 사살한 것에 대한 보상이 이어졌다.

-시공간의 비약. '스토퍼'가 주어집니다.

한주혁은 여전히 천세송의 눈을 가린 상태로 '스토퍼'에 대한 설명을 살펴보았다.

<스토퍼>

태초 세계를 이루던 근간인 세계수로부터 흘러나온 상서로운 진액. 이 진액은 '시공간의 비약'이라고도 불리며 올림푸스 세계 전체에 영향을 끼치며 그 어떠한 것으로도 스토퍼의 효과를 막을 수 없습니다. 이는 최상위 등급 명령을 가진다는 것을 의미합니다.

효과: 올림푸스의 시간을 1초간 정지

사용횟수: 1/1

다시 한번 볼 수 있었다.

'최상위 등급 명령.'

최상위 등급 명령이라는 말을 또 봤다. 팬더를 소환하는 것 역시 최상위 등급 명령이지 않은가.

'케르핀의 낙서장 같은 아이템의 효과도 무시할 수 있다는 거지.'

등급 자체가 케르핀의 낙서장보다 스토퍼가 더 높다. 아마도 '최상위 등급 명령'보다 높은 등급의 명령어는 없을 거다. 그어떤 것으로도, 올림푸스 세계에서 '스토퍼' 활용을 막을 수는 없다는 뜻.

'1초라.'

일반 플레이어에게 1초는 아무것도 아닐 수도 있지만 한주혁은 아니다. 한주혁에게 1초는 불리한 판세를 한 번에 뒤집을 수도 있는 귀중한 시간이다.

'좋네.'

성벽 위에서 상황을 지켜보던 NPC들은 또다시 한주혁을 드높였다. 역시 주군이시다. 플레이어들 역시 이제는 이 결과에 그렇게 놀라지 않았다.

"뭐…… 이제는 너무 당연하다고 해야 하나?"

"그렇지, 뭐. 애초에 5번 성좌 혼자 왔을 때. 나는 뭐 기대도 안 했어."

절대악한테 혼자서 덤빈다? 그게 제아무리 성좌라고 해도 뭘 어쩌겠는가.

"진짜 개쪽팔리겠다. 나라면 얼굴 못 들고 다녀."

그렇게 자신만만하게 쳐들어왔다가 절대악의 옷깃 한 번 못 스쳤다. 왔다가 그냥 갔다. 저 먼 세상으로.

"이 정도면 뭐 그냥 선물 세트지."

"성좌가 사실은 절대악 사생팬 아냐?"

사람들은 오늘의 일을 약간은 무덤덤하게 받아들였다. 절대악이 진다는 건 이미 상상조차 할 수 없는 일. 그래서 좀 무덤덤해졌다.

한주혁은 성 안으로 발걸음을 옮겼다. 만세 소리가 들려왔다.

-충성심이 상승합니다!
-카리스마가 상승합니다!

생각해 보면 이번에 얻은 것들이 참 많다. 세송이도 훌륭한 시체들을 많이 얻어서 좋아했고. 성좌도 세 번을 죽였다.

'그런데 왜…… 느낌이 안 좋지?'

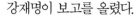

강재명이 보고를 올렸다.

"……그렇게 된 것입니다."

한주혁은 한동안 말을 잇지 못했다.

"……."

강재명의 보고는 끔찍했다. 전국적으로 약 10명 정도의 사람들이 모든 구멍에서 피를 쏟으며 사망했단다.

"추측으로는…… 아마 성좌에게 세뇌되었던 플레이어들 중. 해당 시간에 접속해 있던 플레이어들이라 짐작됩니다."

한주혁이 인상을 잔뜩 찡그렸다. 기분이 굉장히 나빠졌다. 꼭. 이렇게까지 해야 하는 건가? 이런 거 안 해도 얼마든지 잘 먹고 잘살 수 있으면서.

"성좌 놈들은 그러지 않기를 빌어야 할 겁니다."

5번 성좌 채순덕. 과연 이 사실을 알고 있었을까? 플레이어들이 현실에서도 사망한다는 그 사실.

'알고 있었을 거야.'

이미 그들은 대공과 협력하여 이러한 프로젝트를 진행해 오지 않았던가. 올림푸스에서 현실의 몸을 죽일 수 있는 방법. 대공과 성좌들. 그리고 대연합의 수뇌부가 전부터 해오던 연구다. 한주혁은 이미 그 사실을 알고 있다.

"그 시간에 접속해 있지 않았던, 세뇌당했다고 주장하는 플레이어들과 접촉해 보세요. 인터넷에 그런 사람들이 있기는 있으니까요. 시간이 없습니다."

성좌. 다시 말해 태르민 일가는 적어도 한국에서는 엄청난 영향력을 행사하고 있다. 보이지 않는, 한국의 황제다.

한국의 기득권들은 이미 태르민 일가에 굴복하고 있으며 절대악과는 완전히 척을 진 상태다. 결국, 그들은 죽이 되든 밥이 되든 한주혁과 같은 배를 탈 수 없다.

"그들의 신변을 확보하고 보호하세요."

"알겠습니다. 미국과 중국. 러시아의 특수 정보부에 도움을 요청하도록 하겠습니다."

"네."

강재명은 쾌재를 불렀다. 좋다. 절대악의 허락까지 떨어졌다. '네' 한 마디였지만 이것이야말로 최상위 명령 아니겠는가. 절대악의 허락을 득한 강재명이 부탁하자 미국과 중국. 그리고 러시아의 첩보국이 움직였다.

미국 대통령이 즉각적으로 명령을 내렸다.

"이번에 새로이 실전 배치된 군사위성. 미라클 동원 가능한가?"

절대악으로부터 획득한 블랙 스톤을 통하여, 미국은 미라클을 완성시켰다. 전 세계의 모든 전자기기에 접속할 수 있으며 그를 통해 얻어진 정보들을 몇 초 만에 정립하여 사용자가 원하는 결과값을 내놓는다.

미라클의 정확한 능력은 군사기밀로 가려져 있는데 과학자들은 미라클을 일컬어 '신의 눈동자'라고 부르기도 했다.

"미라클이 마음먹고 찾으면 못 찾을 것은 없습니다. 적어도 지구에서라면."

중국과 러시아도 그들 나름대로 열심히 도왔다. 절대악. 아니, 절대악의 비서실장인 강재명이 도와달라고 하지 않았는가. 잘 보여야 한다.

각국 첩보부가 발 빠르게 움직이기 시작했다.

최근에 새로 부임하게 된 SBN의 사장 김영호는 선택의 기로에 놓였다. 그는 녹화된 영상을 통해 확인할 수 있었다.

영상 속 절대악은 이렇게 얘기했다.

-그래도 반성하고 올바른 길로 가면 참 좋을 텐데.

김영호는 이것을 가볍게 생각하지 않았다. 절대악이 가볍게 흘린 말. 그는 가볍게 들을 수가 없었다. 이건 마지막 기회일 수도 있다. 절대악이 주는 마지막 기회.

'나는…… 선택해야만 한다.'

그래. 어차피 대한민국은 이제 변화할 때가 되었다. 39세의 젊은 나이인 조해성이 지지율 20프로를 돌파하여 신드롬을 일으키고 있다. 절대악에 대한 여론지지도는 90퍼센트가 넘는다.

'조해성이 대통령이 된다면……'

대대적인 언론개혁이 일어날 수도 있다. 조해성은 그렇게 힘이 없다. 지지기반이 별로 없으니까. 그런데 그 뒤를 무려 절대악이 받쳐주고 있다. 이러면 얘기가 완전히 달라진다.

'쪽팔림은 한순간이다. 절대악 열풍은 이미 시대의 흐름.'

결국 김영호는 결정을 내렸다.

'다른 공중파와 우리는 달라.'

다행히 김영호 자신에 대한 우호지분이 높다. 다른 두 곳과는 달리 자신의 뜻대로, 어느 정도 컨트롤이 된다는 얘기다.

공식적인 대국민 사과를 진행했다.

-국민 여러분께.

SBN의 사장인 김영호는 국민들 앞에 머리를 숙이며 잘못했다는 입장을 전했다.

-SBN은 전 정권의 권력에 굴복하여 절대악을 비난하는 데 앞장섰고 기득권의 힘을 보호하기 위해 언론의 힘을 잘못 사용하였습니다.

국민들은 환호했다. 그날, 전국의 치킨집과 술집은 손님으로 가득 찼다. 평균적으로 매출이 200퍼센트 폭등했다.

"이제 좀 살맛 나지 않냐?"

"헬조선 탈피다, 이제."

대한민국 국민들의 상황을 너무나 잘 보여주던 단어. 헬조선이란 말이 이제는 사라질 것이라고, 다들 그렇게 예측했다.

실제로 삶 자체가 변했다기보다는, 이제 희망이 보이기 시작했다. 헬조선에서 희망이.

누가 이런 현실을 예상이나 했겠는가.

"SBN이 대국민 사과를 했어?"

전국의 술집에서 그 부분을 계속해서 방영해 줬다.

"권력과 언론이 손을 잡았다는 것이 사실이네."

"당연하지. 그러지 않고서야 세계에서 찬양하는 절대악을 나쁜 놈으로 몰아가겠냐?"

"근데 왜 갑자기 스탠스를 바꿨지?"

이유는 간단했다.

"음. 상대가 절대악이니까?"

절대악이 지지하고 있는 후보가 엄청난 기세로 지지율 상승 곡선을 그리고 있고 절대악은 전 세계에 막강한 영향력을 끼치고 있다.

"와. 진짜 이제야 좀 민주주의 사회로 돌아가는 거 같다."

TV 속 김영호는 SBN의 과오를 뉘우치며 앞으로 진정한 언론의 역할을 다하겠다고 머리 숙여 얘기하고 있었다.

그리고 얼마 지나지 않아 JTBN과 SBN이 나서서 '성좌 살인 사건'에 대해 대대적으로 보도했다. 충격적인 사실이 밝혀졌다.

-도시 괴담. 사실로 드러나.

플레이어들이 성좌에게 세뇌당한 것도 사실이었고, 세뇌당했던 플레이어들 중에 자폭했던 시간에 접속했던 플레이어들이 사망했다.

-사망한 플레이어들. 진실은 어디에?

-성좌. 그들이 진정 성좌인가.

입장을 전환했고 공정한 언론이 되겠다고 다짐한 SBN은 하루 만에 성좌들에게 불리한 내용을 국민들에게 전달하기 시작했다.

-5번 성좌 채순덕. 올림푸스 속 능력으로 현실의 플레이어 살인.

여론이 뜨겁게 불타오르기 시작했다.

"성좌 그 개새끼 현실에서도 잡아 처넣어야지."

"지금 그와 관련한 법이 없다고 난리래."

"개뿔! 사람을 죽였는데 뭔 놈의 법은 법이야!"

성좌에 대한 비난 여론이 폭발적으로 터져 나왔다. 한주혁의 입장도 전해졌다.

-절대악. 성좌들의 만행을 절대로 좌시하지 않을 것.

전 국민 우호도가 90퍼센트가 넘는, 명실공히 한국의 최강자인 절대악이 성좌를 결코 좌시하지 않겠다고 선언했다.

그러자 전 세계가 들고 일어났다. 미국 대통령이 이례적으로 담화문을 발표했다.

-이번 사건은 너무나 반인륜적인 행태이며 인권을 중시하는 미국은 이러한 행위에 대하여 매우 유감입니다.

중국 주석 역시 기자회견을 가졌다.

-한국의 성좌가 가진 능력은 너무나 반인륜적인 능력입니다. 중국은 이 끔찍한 행동을 비난하고 유가족들에게 애도를 표합니다.

UN, EU 등 전 세계의 리더들이 이번 사건에 집중했다.

"근데 이번 사건이 끔찍하긴 끔찍한데……. 전 세계의 지도자들이 이렇게 나설 일이긴 한 거야?"

여태까지 끔찍한 사건·사고가 많이 일어나기는 했지만 전 세계가 이렇게 반응한 적은 없었던 것 같다.

"올림푸스에서 사람을 죽인 최초의 사례라서 그런 거긴 한데……."

대외적으로는 그렇다. 그러나 그보다 훨씬 중요한 이유가 있다.

"절대악이 관련되어 있잖아. 그리고 절대악이 성좌와 제대로 한판 붙겠다고 선전포고까지 했고."

"……아."

각국 정상들이 적극적으로 나서는 이유. 근본적인 이유는 바로 절대악 때문이었다. 더 정확히 말하자면 절대악에게 잘 보이기 위해서.

"이래야 절대악이지."

"시발. 모르겠고. 절대악 만세다."

절대악 열풍이 또다시 한반도에 불어닥쳤다. 그 절대악이

다시 한번 폭탄선언을 내뱉었다. 절대악 열풍으로는 표현이 불가능한, 말하자면 절대악 핵폭풍을 불러일으킬 폭탄선언을.

2장
루프라 던전

　절대악의 행보는 여태까지와 완전히 달랐다. 절대악이 JTBN
을 통해 입장을 전달했다.

　-저는 대한민국 국민의 한 사람으로서……

　공식석상에 얼굴을 드러낸 것은 처음이었다. 올림푸스에서
의 얼굴이 아니라, 실제 오프라인상에서의 얼굴을 실제로 드
러냈다. 이것은 수많은 해석과 추측을 낳았다.

　"절대악이 진짜로 칼을 빼 든 거지."

　"이번 성좌 만행사건으로 절대악도 더 이상 뒷짐 지고 구경
할 수 없겠다는 의지의 표명인 거야."

　절대악이 공식석상에 얼굴을 드러냈다는 것만으로도 이미
충분한 센세이션을 일으켰다. 그런데 거기에 더한 핵폭풍.

　-조해성 후보를 적극적으로 지지합니다.

사실 이와 관련하여 란돌은 약간의 우려를 표하기는 했다. 바로 몇 시간 전. 란돌과 한주혁은 이런 대화를 나눴다.

"란돌. 제가 조해성 후보를 적극적으로 지지하려고 합니다."

"전면에 나서시겠다는 말씀이시군요?"

"네. 아무래도 가만히 두고 볼 수가 없어서요."

란돌이 빙그레 웃었다.

"그러실 것 같았습니다. 사실 여태까지 이렇게 몸을 웅크리고 있었던 것이 신기할 정도였죠."

"성좌들의 행동이…… 너무 끔찍해서요."

도저히 눈 뜨고 봐줄 수가 없다.

얼마나 철면피이면. 얼마나 쓰레기들이면 이런 짓들을 한단 말인가. 몬스터 게이트 사건 때에도 성좌, 아니 태르민 일가가 깊숙이 관여했을 것이 분명했다.

사람으로서 화가 났다. 그때 목숨을 잃었던 꽃다운 어린 생명들. 여태까지 델리트 등으로 괴롭힘 받았던 사회 취약 계층들. 이번에 목숨을 잃은 10여 명의 사람들. 그리고 목숨을 잃을 뻔한 수십 명의 사람들.

"강재명 실장이 신변을 확보하고 보호하기로 한 사람들 전부가……."

"사회 취약 계층이었겠죠. 아무런 연고도 없고 힘이 없는 사람들. 서류상 실종으로 처리되어도 전혀 이상하지 않을……."

란돌도 화가 났다. 그래도 조언을 잊지는 않았다.

"절대악이 가지는 말 한마디에는, 절대악이 상상할 수도 없을 만큼의 강대한 힘이 담겨 있습니다. 나비의 날갯짓이 폭풍을 불러일으킬 수도 있어요. 또한 절대악께서 지지하는 조해성이라는 인물을……. 무한정 믿을 수도 없습니다."

"그건 알아요."

한주혁도 그 사실을 안다.

"하지만 지금보다는 낫겠죠."

란돌이 빙그레 웃었다.

"저도 그렇게 생각합니다."

란돌이 보기에 한국의 기득권들은 썩어도 너무 썩었다. 말로만 친서민, 친서민을 읊조리기만 한다.

'전 정권이 그 대표적인 예였지.'

지금은 탄핵당한 전 대통령. 지금은 구속 수감되어 있는 그 대통령은 한국의 언론을 철저하게 통제했다. 서민들의 실상은 전혀 알지도 못하고, 이해하려 하지도 않았다. 소통이란 글자를 전혀 모르는 것 같았다. 적어도 란돌이 보기에는 그랬다.

'과연 한국은 변할 수 있을까.'

언론 자유지수가 밑바닥에 있는 이 한국이란 나라가. 눈부신 경제 발전에도 불구하고 국민적 공감을 얻은 하나의 단어, '헬조선'이라는 말이 유행하고 있는 이 나라가 정말 변할 수 있을까.

란돌은 이렇게 생각했다.

'변할 수 있다.'

그러고서 말을 이었다.

"믿지 않으면 모르되 일단 믿었으면 적극적으로 힘을 보태 주는 것도 좋을 것 같습니다."

그리하여 절대악이 직접적으로 '조해성 지지선언'을 한 것이다.

국민들은 이에 열광했다. 국민들만 열광한 게 아니었다. 미국. 중국. 러시아 등을 비롯한 세계 열강의 첩보부와 수뇌부들이 발 바쁘게 움직였다. 저번에는 절대악이 조해성을 지지한다는 암묵적인 동의였지만, 이제는 진짜 적극적인 지지 아닌가.

그들은 정상외교를 위하여 조해성에 대해 파악해야 했고, 조해성이 무엇을 추구하는지 어떤 성향을 가졌는지 알아야 했다.

이틀 후. 여론조사 결과가 발표됐다. 착한 언론이 되겠다며, 공정한 언론이 되겠다며 국민들 앞에 머리를 숙였던 SBN이 가장 먼저 발표했다.

-조해성. 지지율 40퍼센트 돌파.
-39세의 젊은 정치인. 1위 대선주자로 우뚝 솟다.

여기까지 오는 데 불과 2주도 걸리지 않았다. 조해성 본인이 가장 믿기 힘들었다.

'이걸…… 무엇으로 설명한단 말인가.'

이 현상. 2주도 되지 않아 지지율이 40퍼센트나 치솟는 이 말도 안 되는 현상을 무엇이라 설명한단 말인가. 사람들은 조해성 신드롬이라고 부르지만 아니다.

이것은 절대악 핵폭풍이었다.

조해성이 한주혁을 찾았다. 감사하다고 인사를 전하기 위해서.

"감사합니다. 적극적인 지지선언 덕분에…… 말도 안 되는 일이. 기적이 벌어지고 있습니다."

"아닙니다."

한주혁은 조해성을 쳐다봤다. 여기까지 오는데 자전거로 달려왔단다.

'평소에도 자전거를 많이 탄다지.'

국회의원까지 한 사람인데 말이다. 전 정부의 총리가 KTX 역사 안까지 차를 몰고 들어가 과잉의전 논란을 일으켰던 것과는 많이 다른 모습이다.

"절대악께서 원하시는, 아니. 우리 국민 모두가 원하는 언론개혁. 적폐청산. 그리고……. 상식이 통하는 사회. 꼭 만들어 보이겠습니다. 약자가 약자라는 이유로 핍박받지 않고, 강자가 강자라는 이유로 횡포 부리지 않는 사회를 반드시 만들겠습니다. 대한민국의 국민이라는 자긍심이 가슴속에 새겨지도록, 열심히 일하겠습니다. 더 이상 헬조선이라는 가슴 아픈 단어가 국민들의 입에 기거하지 않도록 하겠습니다."

조해성의 눈에 눈물이 차올랐다.

'상식이 통하는 대한민국을.'

예전에는 만들 수 없다고 포기했었는데 이제는 아니다. 이제는 만들 수 있다.

'힘없는 약자들과……'

몬스터 게이트 사건 때 목숨을 잃었던 꽃다운 어린 생명들.

'보호받아 마땅한 10대들의 얼굴에. 아니, 모든 사람들이 웃을 수 있도록 만들겠습니다. 반드시.'

전 대통령을 배출했었던 자유당은 이렇게 주장했다.

"대한민국이 미쳐 돌아가고 있습니다."

"그렇습니다. 이게 지금 말이나 됩니까?"

기자회견을 통해 이렇게 얘기했다.

-한 사람에 대한 지지도가 90퍼센트가 넘는 상황. 이 상황은 결코 정상적인 상황이 아닙니다. 지금 대한민국 사람들은 집단 세뇌와 최면에 걸려 있는 것 같습니다. 지금의 이 상황은 결코 민주주의가 아니며 바람직하지 않습니다. 절대악은 절대악 열풍을 바탕으로 비정상적인 신드롬을 불러일으키고 있습니다.

이 열풍이 끔찍한 것이라 묘사했다. 비정상적인 것. 집단 최면. 집단 세뇌. 결코 좋지 못한 것.

국민 대다수가 욕했다.

"지랄하고 자빠졌네."

"이제는 심지어 우호도가 90프로 넘는 걸로 까네?"

"이 정도면 천재 아니냐?"

90프로가 왜 넘는지. 어떻게 넘을 수 있는지에 대한 생각은 일절 하지도 않고, 그저 90프로가 넘으니까 비정상이다. 이건 민주주의가 아니다. 너네 전부 미쳤다. 어떻게 이렇게 표현한단 말인가.

"그냥 개병신들이지."

"아직도 정신 못 차렸어. 그나마 SBN은 반성이라도 했지."

SBN이 대국민 사과 방송을 하고 난 뒤, SBN의 주가는 폭락했다. 주주들이 엄청나게 항의했단다. 그러나 그로부터 불과 며칠 지나지도 않았는데, SBN의 주가는 다시 상승곡선을 그리기 시작했다.

"SBN 봐봐. 그래도 사과하고 납작 엎드려서 반성하니까 절대악이 봐주잖아."

"절대악만 봐주냐? 국민들 전부가 봐주는 거지."

그런데 다른 기득권들은 여전히 정신을 못 차린 것 같다.

"성좌 이 개새끼들, 빨리 잡아 족쳐야 하는데."

"지금은 안 돼. 법이 없대."

올림푸스에서 사람을 죽인 사례가 없어서 아직 관련 법이 없다. 하지만 한주혁은 안다. 법이 없어서 못 터는 게 아니라

검찰도 똑같이 썩어서, 혹은 태르민 일가와 관련이 되어 있어서 털지 못하고 있을 뿐이다.

"근데 각국 정보기관에서 성좌들 신상 털고 있다던데."

"그…… 세계 최고의 해커 기관 있잖아."

"어나니멀스?"

어나니멀스. 마음만 먹으면 미국 국방성도 뚫을 수 있다고 알려진 세계 최고의 해커기관.

"걔네도 성좌들 신상 털려고 나섰대."

"잘됐다. 전 세계를 적으로 돌렸네."

세계 각국 정보부들도 반쯤은 비밀리에, 또 반쯤은 공공연하게 성좌의 신상을 캐기 시작했다. 사실 올림푸스 캐릭터에 대한 신상을 오프라인에서 조사하는 것은 불법이다. 그래서 비밀리에 진행하는 거다.

한주혁은 다른 방법으로 성좌들을 찾기 시작했다.

-스킬. '악의 추적'을 사용합니다.

오프라인에서 추적하는 것은 불법이지만 올림푸스 내에서 사용하는 것은 불법이 아니다. 저번에도 같은 방법으로 성좌들을 찾지 않았던가.

'어라.'

그런데 아무것도 느껴지지가 않았다.

'어디로 튄 거야?'

짐작 가는 곳은 있다. 올림푸스 세계에는 다른 차원의 세상이 존재한다. 그곳이 마계가 됐든 성계가 됐든. 하여튼 어떤 다른 곳으로 도망을 쳤을 확률이 높다.

'그도 아니면……'

악의 추적을 피할 수 있을 정도의 상위급 스킬을 사용하여 몸을 숨기고 있든가.

'최상위 명령의 어떤 스킬이나 보호를 받고 있다면 내게 들키지 않을 수 있겠지.'

미꾸라지처럼 잘도 피해갔다.

'걸리기만 해라, 이 새끼들.'

일단 성좌들의 추적에는 실패했다. 천세송이 조금 아쉽다는 듯 말했다.

"오빠. 그러면 지금은 일단……. 그것부터 해야겠네요?"

"응."

그것. 한주혁이 인벤토리에서 아이템을 하나 꺼냈다. 달빛 하모니카였다. 활성화 조건은 이미 만족시켰다.

"바로 할 거예요?"

"바로 해야지. 시간이 금이잖아?"

"맞아요!"

사실 오늘 오빠한테 드레스라든가, 결혼식장이라든가. 그런 거 상의하고 싶었는데.

속으로 소리쳤다.

'성좌, 이 나쁜 놈들아!'

오빠가 분명히 결혼하자고 했는데, 천세송은 그 말을 철석같이 믿었는데 아무래도 좀 미뤄지게 생겼다. 성좌 일 때문에 바빠지기도 했고, 오빠가 또 이것저것 신경 쓰기 시작했다.

'내 결혼을 방해하지 마라!'

그래도 오빠가 바쁘다는데 어떻게 하겠는가.

'그래도 열심히 도와야지!'

원래 바늘 가는 곳에 실 가는 것 아니겠는가. 오빠 가는 길에 세송이도 간다!

그렇게 다짐한 천세송은 한주혁이 달빛 하모니카를 활성화시키는 것을 구경했다. 달빛 하모니카의 활성화 이펙트는 그렇게 거창하지 않았다.

-달빛 하모니카 활성화 조건을 확인합니다.
-달빛 하모니카 활성화 조건이 만족되었습니다.
-달빛 하모니카를 활성화합니다.

달빛 하모니카에서 푸른색 빛이 새어 나왔다. 달빛 하모니카가 허공에 둥둥 떠서 천천히 회전했다.

-달빛 하모니카 활성화가 완료되었습니다.

-루프라 던전이 활성화됩니다.
-루프라 던전의 위치가 전송됩니다.

루프라 던전의 위치가 한주혁에게 전송되었다. 위치를 살펴본 한주혁은 고개를 갸웃했다.

'응? 또 여기인가. 버려진 영지. 세르니아.'

이곳은 한주혁이 맨 처음에, 임시로 터를 잡았던 곳이다. 필드의 이름 자체가 '버려진 영지'다. 그다지 쓸모 있는 곳은 아니다.

'그런데 이곳에서 비밀의 탑이 활성화됐었지.'

비밀의 탑이 이곳에서 활성화되었었고 이곳에서 던전을 만났었다. 엘릭서도 이때 얻었었다.

'세르니아가…… 내 생각보다 훨씬 중요한 어떤 키를 품고 있는 건가.'

왠지 그럴 것 같다는 생각이 들었다.

'달빛 하모니카와 달빛 피리는 연관이 있는 아이템이야.'

과연 둘 사이에 어떤 연관이 있고, 그 사이에 어떤 키가 있을까. 세르니아와는 어떤 관련이 있지?

뭔가 놓치고 있는 게 있지는 않을까. 생각을 해봤지만 지금 당장은 파악할 수 없었다.

한주혁은 세르니아로 향했다. 워프 포탈만 이용하면 된다. 길은 어렵지 않았다. 그런데 뭔가 조금 이상했다.

'여기가…… 세르니아?'

세르니아가 변해 있었다. 그와 동시에 한주혁에게 알림이 들려왔다. 이 알림은 루프라 던전 클리어에 동행한 1번 성좌 루펜달, 7번 성좌 루나(한세아), 앱솔루트 네크로맨서 천세송, 하늘에 떠 있는 제왕(제왕이라고는 하지만 그냥 펫인) 꼬꼬에게 전부 공통적으로 들린 알림이었다.

알림의 충격은 꼬꼬에게 가장 크게 다가왔다.

-더 이상 하늘을 날 수 없습니다.

키에엑?

꼬꼬는 당황했다.

날개가 말을 듣지 않고 저절로 접혔다.

키에엑!

떨어진다!

키엑!

떨어진다! 날개야 움직여라! 움직여!

살면서 단 한 번도 느껴보지 못했던 추락사에 대한 공포가, 순식간에 꼬꼬의 몸을 잠식했다. 꼬꼬가 눈을 크게 떴다. 이 거 진짜 죽을 거 같다. 땅이 점점 가까워졌다.

-스킬. 파천보법을 사용합니다.

한주혁이 가볍게 뛰어올라 꼬꼬를 안아 들었다. 꼬꼬는 덩치가 매우 크다. 한주혁이 제대로 안기 힘들다. 그렇지만 별로 어렵지 않게 안았다.

파천보법의 묘리를 활용한 한주혁이 꼬꼬를 땅에 내려주자 한세아가 고개를 갸웃하며 말했다.

"그냥 죽게 내버려 두지."

키엑?

꼬꼬가 놀라 고개를 치켜들었다.

"내가 살려주면 그만인데."

키엑? 키엑?

꼬꼬는 고개를 좌우로 휙휙 저었다. 아니. 그래도 그건 좀 아니잖아요. 그렇죠, 주인님? 아니라고 말해줘요.

꼬꼬는 아련한 눈동자로 애처롭게 한주혁을 쳐다봤는데, 한주혁이 고개를 끄덕이는 것에 충격을 받을 수밖에 없었다.

"그럴 걸 그랬네. 그걸 깜빡했다."

한주혁은 긴장을 늦추지 않았다. 갑자기 '필드가 동결됩니다.'라는 말이 들려왔다. 일반 필드가 아니라는 소리다.

'이건…… 뭐지?'

팬더가 있었다면 좀 더 확실히 알 수 있었을 텐데.

'일반 필드는 아니고.'

그렇다고 루프라 던전도 아니고.

'우리는 세르니아에 온 것이 틀림없는데.'

비밀의 탑이 생겨났었던 필드. 세르니아가 맞다.

'뭔가가 진행되고 있어.'

뭔지는 모르겠다. 그러나 이 공간 바깥쪽에서 강렬한 마나의 흐름이 느껴지고 있다. 이리저리 마구 뒤섞이고 있다. 마나의 폭풍이 불어닥치고 있는 것 같은 그런 느낌.

잿빛의 마도사. 한세아도 무언가를 느낀 것 같았다.

"오빠. 이거……. 느낌이 약간 익숙하지 않아?"

한세아의 말과 동시에 한주혁도 알 수 있었다.

'이 느낌은.'

정확하지는 않지만 근본적으로는 '죽음의 안개'와 비슷한 느낌이다. 겉모양이나 마나에서 표출되는 힘 자체는 다른데.

'묘하게 성좌의 힘이 느껴지는 괴상한 힘.'

그것이 같았다. 죽음의 안개에서도 아주 미묘하게 성좌의 냄새가 나지 않았던가. 팬더가 경이로운 성분 분석을 통해 증명해 주었던 것처럼.

'성좌의 함정?'

지금 성좌는 악의 추적에도 걸리지 않는 어떠한 힘을 가지고 있다.

"긴장 늦추지 마."

세르니아에 미리 작업을 해놓은 건가. 세르니아에 루프라 던전이 활성화될 것을 알고 있었나. 아니면 여러 곳에 이러한 함정을 해놓은 건가. 오래 생각할 겨를이 없었다.

-강력한 함정 필드가 발동됩니다.

-'비틀린 시간과 왜곡된 공간'이 활성화됩니다.

-'비틀린 시간과 왜곡된 공간'에서 탈출하려면 30분 내에 현재의 위치로 돌아와야 합니다.

-'비틀린 시간과 왜곡된 공간'의 제한시간이 초과되면 플레이어들은 '비틀린 시간과 왜곡된 공간'에 평생 갇히게 됩니다.

-'비틀린 시간과 왜곡된 공간'을 탈출할 수 있는 기회는 지금뿐입니다.

천세송은 갑작스레 들려온 알림에 미처 반응하지 못했다.

'응?'

갑자기 공간이 빙글빙글 돌기 시작했다. 자신의 몸이 어디론가 날아가는 것이 느껴졌다. 자신의 의지와는 완전히 상관없이.

자신이 도는 건지, 공간이 돌고 있는 건지 모르겠다.

주변은 보라색과 검은색 등으로 물들어 있는 상태. 여기저기 빙글빙글 돌아가는 소용돌이가 보였다.

'이 느낌 너무 이상해.'

앞으로 걸음을 내디뎌봤다. 그런데 걷는 느낌조차 이상했다. 한 걸음 옮길 때는 똑바로 걷는가 싶더니 또 한 걸음을 옮기자 자신의 몸이 뒤집혀 있는 것 같기도 했다.

벽면을 따라 옆으로 걷는 것 같기도 하고 몇 걸음 옮겼는데 제자리에 있는 것 같기도 했다. 내가 공간에 떠 있는 건지, 공간에 서 있는 건지. 도저히 분간이 되지 않았다. 오감이 엉망진창 꼬여 버린 느낌이 들었다.

-제한시간은 30분입니다.
-원래의 위치까지 돌아가는 데에 평균 시속 4㎞로 이동하면 원래의 위치까지 돌아갈 수 있습니다.

물리적으로는, 4㎞/h의 속도로 이동하면 30분 내에 충분히 도착할 수 있단다.

천세송은 잠시 눈을 감았다. 눈을 뜨고 있어도 전혀 도움이 되지 않았으니까. 지금 눈앞에 보이는 것들이 오히려 그녀를 현혹시키고 있었다.

'당황하지 말자.'

그녀의 롤모델이자 연인을 떠올렸다. 내가 지금 오빠였다면 과연 어떻게 했을까?

'오빠라면 당황하지 않았을 거야.'

먼저 상황을 파악하려고 노력했을 것이다.

'지금 모두가 같은 상황에 처해 있겠지?'

눈을 감은 상태로 걸음을 옮겨봤다. 어지러웠다. 여기가 어디인지 도무지 분간이 되지 않았다.

귓말을 사용해 보려 했으나 불가능했다. 귓말 전송 불가 지역이란다. 그런데 그때. 귓말이 들려왔다.

한주혁에게 이 알림이 들려왔을 때.

-강력한 함정 필드가 발동됩니다.
-'비틀린 시간과 왜곡된 공간'이 활성화됩니다.

한주혁은 지체하지 않았다. 무엇인지 정확하게는 몰라도 성좌들이 준비한 함정이었다.

비틀린 시간과 왜곡된 공간이라는 말을 듣자마자 반사적으로 아이템 하나를 꺼내 들었다.

이 아이템은 2번 성좌를 3번 사살한 것에 대한 보상이었다. 도약의 비약과 함께 얻었던 아이템. 성좌와 관련된 일에 쓸지도 모르겠다고 머릿속에 입력해 놓았던 아이템.

<무한의 실타래>
끝없이 늘어나는 특수한 형태의 실타래. 고대 희귀종인 아라크 거미 10마리의 배를 갈라 얻어낸 진액을 통하여 만들었

다고 알려져 있으나 구체적인 제조 방법에 관하여는 알려진 바가 없다. 그 어떠한 것으로도 자르거나 녹이는 등, 물리적인 변화를 가할 수 없다고 알려져 있다.

등급: 레전드

특수 능력: 신급 이하의 모든 공격에 의한 물리적 공격에 완벽 저항. (단, 방어력과는 무관함.)

그리고 알림이 이어졌다.

-제한시간은 30분입니다.

-원래의 위치까지 돌아가는 데에 평균 시속 4㎞로 이동하면 원래의 위치까지 돌아갈 수 있습니다.

이때 한주혁은 결정을 내려야 했다.

'이런 제기랄!'

이거 아무래도 그냥 두면 안 될 것 같다.

'성좌 이 개새끼들이……!'

성좌가 실제로 이 함정을 만든 주체이든 아니든, 그런 건 상관없었다.

-아이템 '스토퍼'를 사용하시겠습니까?

이미 천세송이 다른 공간으로 날아가 버리기 시작했다. 한주혁에게 있어서 일반인의 1초와 다른 사람들의 1초는 완전히 다르다.

'빌어먹을.'

사실 이거 아껴두려고 했다. 'x20'과 함께 사용하면 무려 20초의 시간을 절대적으로 벌 수 있다.

혹여라도 마계서열 1위의 카르티안과 싸우게 된다든가, 제국의 최상위급 NPC와 싸우게 된다든가, 혹은 황제나 대공과 싸우게 된다든가. 그럴 때에 아주 유용하게 써먹을 수 있는 조합이었다.

'지금 x20과 함께 사용할 필요는 없겠지.'

아주 잠깐의 시간. 찰나의 시간 동안 한주혁은 이 함정을 파악했고 그에 대한 대처법도 떠올렸다.

-'스토퍼'를 사용합니다.
-최상위 등급 명령으로 인하여 스토퍼가 적용됩니다.

1초의 시간이 동결되었다. 일반인에게는 정말 짧은 순간. 눈깜짝할 그 시간. 한주혁은 그 짧은 시간 동안에 파천보법을 펼쳤다.

히든 클래스인 손석기조차도 '초속촬영기법'을 동원해야만 겨우 움직임을 잡을 수 있는 한주혁의 움직임이다.

한주혁은 무한의 실타래를 풀어 천세송, 한세아, 꼬꼬, 루펜달의 몸에 묶었다. 그게 겨우 1초 사이에 벌어진 일이었다.

다시 돌아와야 하는 이곳에 실타래를 고정시키기 위해 레드 스톤 꾸러미를 잔뜩 떨어뜨려 놓았다. 실을 돌멩이로 고정하는 것과 비슷했다. 그 돌멩이 하나가 5억짜리라는 게 특이하긴 했지만.

1초의 동결이 끝난 뒤. 한주혁 역시 다른 공간에 떨어졌다. 모두가 같은 상황.

"어지럽네, 이거."

눈을 감았다. 지금 상황에서는 눈을 뜨고 있어 봐야 전혀 도움이 되지 않으니까.

'시간과 공간이 왜곡된 공간.'

그러나 물리적으로는 처음 위치까지 금방 돌아갈 수 있는 공간. 한주혁이 귓말을 사용했다.

귓말 전송 불가 지역? 그런 건 의미 없었다. 그런 설정 같은 건 가뿐하게 무시할 수 있는 권능이 있지 않은가.

-세송아. 그 자리에서 움직이지 말고 가만히 있어. 지금 오감이 이상해져서 잘 느껴지지 않을 텐데 나랑 연결되어 있거든. 오빠가 금방 갈게. 다 데리고 이동하면 금방 원래 위치로 돌아갈 수 있어. 안심하고 기다려. 알겠지?

물리적으로 30분 내에는 충분히 이동 가능하다고 한다. 4㎞/h로. 한주혁은 자신이 파천보법을 펼치면 1분 내에 주파할 수 있을 거라 확신했다.

-세아. 까불지 말고 그냥 가만히 앉아 있어. 금방 갈게.

루펜달에게도 말했다.

-그냥 가만히 있어.

꼬꼬에게도 말했다.

-야. 맞기 싫으면 그냥 가만히 닥치고 있어.

꼬꼬는 의사소통이 어렵다. 강하게 말해줘야 잘 알아듣는다.

지금쯤 꼬꼬는 오감이 마비되어 극심한 혼란을 느끼고 있을 거다. 인간보다 훨씬 더, 본능에 의존하는 몬스터니까. 아마 그 엉덩이를 뒤뚱거리며 이리저리 미친 듯이 달리고 있을 것이 분명했다.

한주혁의 예측은 정확했다. 꼬꼬는 방금 죽음의 공포를 경험했다. 그리고 시공간이 왜곡된 곳에 도착하여 미친 듯이 이리저리 뛰어다녔다.

날 수 없다는 공포. 이상한 공간. 끔찍한 느낌. 꼬꼬의 이성이 완전히 마비되었다. 주인의 목소리도 들리지 않을 정도로.

그런데.

-움직이면 진짜 죽을 때까지 처맞는다. 대신 안 움직이고 가만히 있으면 맛있는 거 줄게.

그 귓말에 꼬꼬는 정신을 차렸다.

키엑?

먹을 거?

키엑?

꼬꼬는 정신을 차리고 주변을 둘러봤다.

그렇다. 주인이 가만히 있으라면 가만히 있어야 했다. 예전에 주인한테 맞아봤다. 진짜 죽는 줄 알았다. 지금도 끔찍하지만 그때가 더 끔찍하다.

꼬꼬의 이성이 본능을 이겼다. 그리고 얼마 뒤 한주혁이 달려왔다. 파천보법을 펼치면서.

그리고 꼬꼬가 비명을 질렀다.

키에에에엑!

주, 주, 주인! 나는 하늘의 제왕이다!

하늘의 제왕이 땅바닥에 질질 끌려갔다. 현재 한주혁의 등에는 천세송이 업혀 있는 상태. 그녀가 가장 편안한 상태다.

한세아는 짐짝 들고 가듯 옆구리에 들쳐 메었는데 다행히 꼬꼬처럼 질질 끌려가지는 않았다.

한세아는 난생처음으로 꼬꼬에게 가여움을 느꼈다.

'아…… 우리 꼬꼬 불쌍하기도 하여라.'

말이 '질질'이지 저건 '질질'로 표현이 안 된다. 한주혁이 파천보법을 펼치면서 빠르게 달리고 있다. 오감이 마비되고 왜곡된 이곳에서 오빠가 어떻게 저렇게 달릴 수 있는지.

신기한 건 둘째 치고 꼬꼬는 참 불쌍해 보였다. 이리 튀고 저리 튀고 땅바닥과 키스하며 요동치는 꼬꼬의 몸을 보면.

키에에엑!

불편해 죽겠다며 속으로 구시렁대던 한세아는 꼬꼬를 보고 오히려 감사함을 느꼈다.

'나는 편한 거구나.'

그래. 이 정도가 어디야.

세송이처럼 편안하게 폭 업힌 건 아니지만 이만하면 살 만하지. 그래. 세상은 아직 아름다워.

'근데 도대체 언제 내 몸에 실을 묶고……'

모두의 몸에 실을 묶은 것 같다. 그걸 따라 움직이고 있는데.

'진짜 인간이 아니야.'

아무리 봐도 인간이 아니다. 오빠의 플레이를 보면 배울 게 없다. 바로 옆에서 보고 배우는데도 소용이 없다.

'워낙 넘사벽이라 뭐 봐도 배울 게 없어.'

그때 루펜달의 목소리도 들려왔다.

"형렐루야! 형멘! 제가 이곳에 있습니다! 형님!"

루펜달은 꼬꼬의 몸에 꽁꽁 묶였다. 땅과 부딪쳐서 온몸이 긁히는 부상은 꼬꼬가 당했지만 멀미는 루펜달의 몫이었다. 그 와중에도 루펜달은 외쳤다.

"형렐루야! 형멘! 형은이 망극하여 나를 구원할 것이다!"

그래. 영원히 이상한 곳에 갇히는 것보다는 이게 훨씬 낫지.

나는 형님을 믿는다. 형님은 나 같은 찌끄래기와는 달리 돌파구를 찾아오셨을 것이다! 루펜달은 그렇게 쉴 새 없이 외쳤다.

그렇게 겨우 10분이 채 안 되는 시간에 원래의 자리로 돌아왔다. 아무리 왜곡이 되어 있다 할지라도, 바른길을 찾을 수 없다 할지라도 물리적으로 단절된 공간은 아니었기 때문에 가능한 일이었다.

한주혁은 인상을 찡그렸다.

'무한의 실타래. 그리고 스토퍼.'

둘 다 성좌 잡고 나온 보상인데, 성좌 때문에 썼다. 무한의 실타래야 계속해서 사용할 수 있다지만 스토퍼는 정말 아쉬웠다.

-대단합니다!

-9분 28초 만에 모든 플레이어가 원위치로 돌아오는 데에 성공하였습니다!

-놀라운 속도입니다!

-플레이어의 대단한 기지와 놀라운 임기응변 능력이 돋보이는 최정상급 클리어로 인정됩니다!

알림이 들려왔다. 토악질을 하고 있는 루펜달.

그리고 여전히 정신 못 차리고 있는 꼬꼬를 보며 그나마 감사함을 느끼고 있던 한세아가 입을 쩍 벌렸다.

"헐……?"

알림이 너무나 기가 막혔다.

-'비틀린 시간과 왜곡된 공간'이 에너지를 흡수합니다.
-'비틀린 시간과 왜곡된 공간'은 생체 에너지를 필요로 합니다.

그래서 플레이어를 흡수한단다. 한세아가 놀란 이유는 그 다음이었다.

-생체 에너지를 대체할 수 있는 강력한 에너지원을 확인하였습니다.
-'비틀린 시간과 왜곡된 공간'이 강력한 에너지를 흡수하기 시작합니다.

이게 무엇인고 하니.
'오빠가 무한의 실타래를 고정시켜 놨던 레드 스톤 꾸러미들?'
일단 급한 대로 레드 스톤 꾸러미들로 중심을 잡아놨었는데 그걸 흡수한 것 같다. 원위치. 그러니까 이 중앙은 에너지를 흡수하는 역할을 하는 곳이었던 모양이다.
쿠구구궁-!
공간 전체가 좌우로 흔들리기 시작했다.
한주혁은 그 순간 깨달을 수 있었다.
'이게 진짜 함정이었구나.'
어쩐지.
'지나치게 친절하다 했지.'

보통 함정이 이렇게까지 친절할 수 있나 싶었다. 파훼 방법까지 알려줬다.

'보통 사람들이라면 어차피 파훼하지 못했을 테지만……'

상대는 이쪽을 굉장히 높게 봤던 것이 틀림없다. 가운데로 일단 모이면 클리어 알림으로 한 차례 안심을 준 뒤, 플레이어의 힘을 흡수해 버리는 블랙홀 같은 함정이었던 것이 틀림없다.

'마지막 함정까지 설계를 해놓은 건데. 레드 스톤이 이를 대신했다는 뜻인가.'

레드 스톤 50여 개가 증발했다. 저도 모르게 욕이 튀어나왔다.

"이 개새끼들."

한주혁은 부자다. 레드 스톤 50개쯤 별거 아니다.

중국에 있는 헬 하운드 목장에 한 번 방문할 때마다 수십 개의 레드 스톤이 떨어진다. 이제 한주혁은 행운 스탯도 제법 높다. 레드 스톤쯤 마음먹으면 쉽게 구할 수 있는, 걸어 다니는 글로벌 기업이자 1인 재벌이다.

하지만 그렇다고 해서 레드 스톤이 아깝지 않은 건 절대로 아니다.

'성좌 이 새끼들!'

이런 장난질을 쳐놔?

-'비틀린 시간과 왜곡된 공간'이 더욱 큰 에너지를 필요로 합니다.

-'비틀린 시간과 왜곡된 공간'에 적절한 에너지가 공급되지 않으면 공간이 붕괴됩니다.

-'비틀린 시간과 왜곡된 공간'이 붕괴되면 그 어떠한 플레이어도 빠져나올 수 없습니다.

여전히 친절했다.

"이 쌍놈 새끼들이……."

레드 스톤을 그렇게 처먹고 또 처먹으려고? 차라리 자신의 제단이면 아무런 말도 안 한다. 제단은 그만큼 커다란 효과를 가져오니까.

영지 확장을 시켜주고 영지의 등급을 올려준다. 뿐만 아니라 숨겨진 기능과 힘들도 있다. 절대악의 상징이기도 하다. 몬스터 스톤 조금 먹어도 용서가 된다. 어느 정도는.

-'비틀린 시간과 왜곡된 공간'에 훨씬 더 강대한 에너지가 필요합니다.

-'비틀린 시간과 왜곡된 공간'이 상위 등급의 에너지를 요구합니다.

레드 스톤 보다 상위 등급의 에너지.

'블랙 스톤?'

한세아는 황당한 듯 말했다.

"오빠. 이거 뭐야? 꼬꼬 2세야?"

몬스터 스톤을 향한 식탐이 꼬꼬 이상이다. 아예 대놓고 요구하고 있다. 블랙 스톤을 내놓으라고.

한주혁이 인상을 잔뜩 찡그렸다.

"글쎄."

처음에 알림을 들었던 대로, 정말 강력한 함정 카드여서 블랙 스톤을 필요로 하는 그러한 함정일 가능성도 배제할 수는 없다.

"근데 이거. 냄새가 나."

아무래도 위장이었던 것 같다.

"성좌 따위가 블랙 스톤을 필요로 하는 함정 카드를 만들 수 있었다고?"

나도 그런 건 아직 못 하는데.

'현실에서 블랙 스톤을 활용하여 뭔가를 만들어내는 경우는 있어도.'

현대 과학의 보물이 바로 블랙 스톤 아닌가. 하지만 올림푸스 내에서라면 얘기가 다르다. 올림푸스 내에서는 블랙 스톤으로 뭔가를 하지 못한다. 워낙 상위 등급의 몬스터 스톤이다.

'성좌들한테 블랙 스톤이 필요한 거라면……'

그래서 이런 식으로 강탈하려는 거라면.

"아무래도 성좌 놈들한테 휘둘리는 건 성미에 안 맞아서."

그렇다고 함정의 알림을 완전히 무시하기는 또 어렵다. 천세송이 눈을 동그랗게 떴다.

"오빠. 그거 사용하려구요?"

"응. 이거 없어도 성좌 쥐어 패는 데는 사실 큰 문제없거든. 어디 있는지 찾기만 하면."

쥐새끼처럼 잘 도망치고는 있다만. 언젠가는 만나게 될 거다.

"케르핀의 낙서장은 3번밖에 사용이 안 되잖아요."

"이렇게 끌려다니는 게 더 짜증 나."

루펜달이 고개를 끄덕였다.

"그렇습니다. 겨우 성좌들 따위에게 휘둘릴 수는 없습니다. 절대악의 이름이 성좌의 이름보다 더욱 높고 깊으니, 할렐루야 형멘입니다!"

한주혁은 케르핀의 낙서장을 꺼내 들었다. 어지간한 설정을 플레이어의 입맛에 맞게 바꿔 버리는 사기급 아이템.

"설정 변경."

설정을 변경했다. '비틀린 시간과 왜곡된 공간'이 더 이상의 에너지가 필요하지 않도록.

그런데 이 함정을 설계한 누군가가 그렇게 호락호락하지는 않은 모양이었다.

-설정 변경의 완벽한 적용이 불가능합니다.

케르핀의 낙서장과 맞먹는 등급의 어떠한 설정값이 적용되어 있다는 얘기다.

-설정 변경의 적용이 축소되어 적용 가능합니다.

완벽하게 적용은 힘들지만 축소 적용이 가능하단다.

-'비틀린 시간과 왜곡된 공간'이 더 이상 상위 등급의 에너지를 요구하지 않습니다.
-'비틀린 시간과 왜곡된 공간'에 에너지가 더 필요합니다.

한세아는 아주 조금은 감탄했다.
"와……."
오빠가 옆에 있다 보니 크게 긴장은 되지 않았지만.
"오빠가 케르핀의 낙서장을 썼는데도 완벽 적용이 안 됐다는 건……. 이 함정을 만든 누군가가 그만큼 대단하다는 거지?"
어쨌거나 이 함정을 만든 누군가는 그만큼 대단하다는 얘기였다. 제국의 NPC가 됐든, 아니면 성좌가 됐든.
한주혁이 고개를 끄덕였다. 약간은 착잡한 마음으로 레드스톤을 하나씩 집어 던졌다.
"어. 만만한 함정은 아니야."
이 정도의 함정을 플레이어가 만들었다면.
'일반 성좌는 절대 아니야.'

짚이는 사람은 있다.

'태르민.'

도대체 정체를 알 수 없는, 현실에서까지 올림푸스의 능력을 끌어와 사용할 수 있는 괴상한 인물. 기득권층에 이미 깊이 관여하고 있는 미스터리한 인물.

'태르민 정도라면…… 가능할지도 몰라.'

모르긴 몰라도 제국과 긴밀한 관계까지 가지고 있는 것 같았으니까.

한세아가 말했다.

"근데 흥미롭기는 하네."

오빠를 이렇게 고전시킬 수 있는 함정이 있다는 게 새삼 놀라웠다. 사실 고전이라 할 것도 없었지만 절대악에게 이 정도면 고전인 셈이다.

"오빠는 그냥 다 때려 부술 줄 알았는데."

오빠는 그럴 줄 알았다. 앞에 있는 게 함정이든 뭐든. 그냥 다 때려 부수고 직진만 할 줄 알았다. 그런데 그건 아닌 모양이었다.

저번에 만났다는 제국의 NPC라든가, 마계 서열 2위의 데미안이라든가 올림푸스에는 숨겨진 강자들이 많이 있는 모양이었다.

일반 플레이어의 영역을 많이 벗어난 미지의 필드 가운데 말이다.

"아."

한주혁은 깨달음을 얻었다.

"초심을 잃었네."

왜 생각을 안 했지? 미로가 있으면 깨부수면 그만인데. 함정이 있으면 역시 부수면 그만 아닌가.

현재 한주혁의 앞에는 하얀색 워프홀 같은 것이 뚫려 있는 상황. 그곳을 통해 '비틀린 시간과 왜곡된 공간'이 레드 스톤을 흡수하고 있다.

-공격이 불가합니다.

-공격 가능 대상이 아닙니다.

상관없다. 케르핀의 낙서장 아직 2번 남았다.

'여기에 x20을 사용하면……'

그렇게 계산하면 아직 40번이 남았다. 40번 정도 있으면 좀 남용해도 되지 않겠는가.

'성좌 놈들 뜻대로 움직여 줄 수는 없지.'

만약 저들이 블랙 스톤을 정말 원하고 있고, 이 함정을 통해 그걸 얻으려는 계략이었다면 거기에 동조해 줄 필요는 없는 거다.

'x20을 좀 써볼까?'

썩혀놔서 어디다 쓰겠는가. 쓸 때는 써야 한다. 그런데 루펜달이 외쳤다.

"좆까라! 이 좆밥새끼야!"

1번 성좌답게, 성염의 검투사답게 검에서 하얀빛을 내뿜으며 워프홀로 달려들었다.

"나는 너를 존나 팰 수 있다!"

루펜달의 검. 예전 파란마음 이사가 드랍했었고 이제는 루펜달의 소유가 된 불 속성 유니크 검인 페닉서스가 불꽃을 일으켰다.

루펜달은, 굳이 협력 플레이가 필요 없는 지금 상황에서 스킬명을 크게 외치며 검을 휘둘렀다.

"홀리 슬래서!"

네 갈래의 날카로운 검기가 워프홀을 할퀴었다. 한주혁은 약간 황당했다.

'루펜달이?'

루펜달은 성좌다. 한세아 같은, 반쯤 절대악에 발을 걸친 성좌가 아닌 진짜 성좌. 1번 성좌 성염의 검투사다.

'진짜 성좌는 저걸 칠 수 있나?'

루펜달이 한동안 워프홀을 때려대자 이내 알림이 들려왔다.

-'비틀린 시간과 왜곡된 공간'이 완전히 파괴됩니다.

공간이 깨지기 시작했다. 거울에 금이 가듯, 거미줄 형상의 금이 쩌저적-! 가기 시작하더니 이내 '비틀린 시간과 왜곡된 공간'이 사라졌다.

"죄송합니다. 형님. 저걸 칠 수 있다는 생각을 못 해봤는데 저는 칠 수 있습니다! 성염의 검투사는 공격 불가능한 물체를 공격할 수 있는 특별한 권능을 가졌습니다, 형님."

루펜달은 자책했다. 가진 힘이 있으면서도 그 힘을 제대로 끌어내서 쓰지 못했다. 힘을 가지고 있으면 뭘 하나. 아직 제대로 못 쓰는데.

'차라리 매지컬 콜렉터 때가 나았다……!'

그때는 자신의 충성심과 믿음을 증명해 보일 수 있었는데.

'얼른 이 클래스에 익숙해져야지.'

사실 그도 요즘 바빴다. 3충성 가르치느라 많은 시간을 할애했다. 한주혁이 고개를 저었다.

"아냐. 잘했어."

"형은이 망극하옵니다!"

한주혁은 아주 잠깐 인상을 찡그렸다.

"아니, 그런 말투 좀 그만 쓰면 안 되냐?"

"형님. 형님의 은혜와 사랑을 표현하는데 이 정도는 해줘야 하는 거 아닙니까? 형렐루야 형멘은 우리 형렐루야 연합의 모토이자, 아름답고도 강력한 힘을 내포하……. 형님! 같이 가주십시오!"

루펜달은 자신을 내버려 두고 '버려진 영지 세르니아'를 향해 걸어가는 한주혁을 황급히 쫓아갔다.

태르민은 쿨럭! 기침과 함께 피를 토했다.

"……컥!"

입가에 흐르는 피를 닦아냈다. 만약 누군가가 봤다면 이상하게 생각했을 장면이 틀림없었다.

보통 올림푸스에서는 특별한 상황이 아니면 이러한 고통과 피를 연출하지 않으니까.

"……역시……. 생각보다 훨씬 괴물 같은 놈이군."

그도 '비틀린 시간과 왜곡된 공간' 속에서 어떤 일이 벌어졌는지는 모른다. 다만 생각보다 훨씬 더 빠른 시간에 이곳을 완전히 부숴 버렸다.

"……그 모든 조건들을 완벽하게 만족시켰단 말인가."

1차로 원위치까지 돌아오지 못하면 영원히 그 공간에 갇힌다. 이건 최상위 명령이다.

'돌아온다 해도…….'

그래도 역시 생체 에너지를 빨리게 된다. 그것은 델리트를 의미한다. 태르민은 씁쓸하게 자신의 손에 들린 레드 스톤을 쳐다보았다.

'비틀린 시간과 왜곡된 공간'을 통해 이쪽으로 전송되기는 했다. 하지만 이건 의미가 없었다. 그의 손에 들린 레드 스톤들이 먼지 흩어지듯 사라져 버렸다.

"……블랙 스톤을 넣지 않았어."

블랙 스톤만이 이쪽으로 제대로 전송이 될 수 있는데. 비록 절대악이 델리트되거나 왜곡된 공간에 갇히지 않더라도, 블랙 스톤이라도 얻을 수 있다면 좋겠다고 생각했는데.

"완전한 실패군."

정말 오랜 시간 준비했고 많은 힘을 썼는데. 당분간 요양이 필요할 것 같다.

절대악. 생각보다 훨씬 더 대단한 놈인 것 같다.

"이렇게 크기 전에 짓밟았어야 했는데……."

지금은 너무 커버렸다. '비틀린 시간과 왜곡된 공간'을 이렇게 쉽게 뚫어낼 줄은 몰랐다.

그가 씁쓸하게 말했다.

"미친 괴물에게 너무 시간을 줬어."

하지만 자신이 질 거라고는 생각하지 않았다. 일단은 잠시 쉬기로 했다. 그래도 나름 기분은 좋았다.

"이런 적을 만나는 것도 기쁘지 아니한가."

세상이 너무 평화로웠었다. 적이 너무 없었다. 무료하고 심심했었다.

온갖 것을 다 해봤다. 작게는 살인도 해봤고 여자를 강제로 범하기도 해봤다. 처음에는 재미있었다.

그러나 시간이 지날수록 그 정도로는 재미를 느끼지 못하게 됐다. 변태적이고 엽기적인 행각들도 많이 해봤다. 마약도 해봤다. 크게는 대통령을 손아귀에 넣고 주물러도 봤고 한국 전체를 뒤흔들어도 봤다.

모든 것이 심심하고 무료했는데 이제야 제대로 된 적이 나타난 것 같다. 다시 한번 피를 토한 태르민은 입가를 닦고서 홀로 중얼거렸다.

"재미있겠어. 탐색전은 내 패배구나."

같은 시각. 한주혁 일행은 달빛 하모니카에서 변화를 발견할 수 있었다.

"여기인 것 같습니다, 형님."

버려진 영지 세르니아에 없었던 워프 포탈이 생성되어 있었다. 성좌 퀘스트 던전임을 증명하듯, 하얀색 빛으로 빛나고 있는 워프 포탈이.

한주혁이 말했다.

"가자."

3장
달빛의 요정

　은은하게 흰색 빛을 내뿜고 있는 워프 포탈. 더 정확히 표현하자면 포탈이라기보다는 '홀'에 가까웠다.

　지름 약 1미터 정도 되는 형태의 동그란 구멍. 그 구멍을 자세히 살펴보니 하얀색 구름 같은 기운이 안에서 넘실거리고 있었다.

-루프라 던전에 입장하시겠습니까?

　달빛 하모니카를 통해 활성화시킨 루프라 던전의 입구. 한주혁은 망설임 없이 그 앞으로 걸어갔다.

　"다들 따라와."

　한주혁이 가장 먼저 워프홀 속으로 몸을 움직였다. 그 뒤를 천세송과 루펜달. 3층성과 꼬꼬가 뒤따랐다.

-루프라 던전에 입장하였습니다.

한주혁은 그와 동시에 밑에서 강하게 잡아당기는 느낌을 받았다.

'윽.'

저도 모르게 신음성을 낼 뻔했다. 아주 강력한 진공청소기가 자신을 빨아들이는 것 같았다. 눈을 뜨고 있으면 눈알이 빠져나갈 것 같은 느낌이 들 정도였다.

'아래로 빨려 내려가는 구조.'

지하를 뚫고 내려가는 것 같다.

'이게 단순한 설정일까. 아니면 어떠한 힌트가 숨어 있는 걸까.'

여태까지 클리어해본 결과 성좌 퀘스트 던전은 결코 만만치 않다. 성좌의 능력이 필수적으로 필요하다. 원래도 어려운 던전인데 성좌가 아닌 사람이 클리어하기는 매우 어렵게 되어 있다. 그나마 한주혁쯤 되니까 쉽게 클리어해 온 거다.

비명도 들려왔다.

"으아아아아악!"

눈을 감은 채 들어보니 한세아다.

"오빠아아아아아아아!"

한세아는 지금 공포의 바닷속에서 격하게 헤엄을 치고 있을 것이 분명했다.

"떨어진다아아아아아아아!"

그녀는 높은 곳을 상당히 무서워했으니까.

"떨어진다고오오오오오!"

한세아는 울고 싶었다. 아이씨. 무섭다. 무서워 죽겠다. 이놈의 던전. 왜 이따위로 만들어놓은 거란 말인가! 나가고 싶다. 포기하고 싶다.

지금 그나마 믿을 거라곤 혈육인 한주혁밖에 없어서 한주혁을 애타게 불렀다.

"오빠아아아아아아아아!"

열심히 불러봤지만 의미 없었다.

"야 이 나쁜 자식아아아아아아아아!"

저 자식. 아니, 저 오빠는 분명 나랑 세송이랑 물에 빠지면 세송이부터 구할 거야. 아니.

"이 세송이만 구할 놈아아아아아아아!"

언제 끌어안았는지 한주혁이 천세송을 안고 있는 상태. 이른바 '공주님 안기'로 안은 채 떨어지고 있다. 천세송은 별로 무섭지 않은지 평온해 보였다.

저 오빠는 나랑 세송이랑 물에 빠지면 나를 나중에 구하는 것도 아니고 세송이만 구한 뒤, 알아서 빠져나오라고 말할 거 같다.

"이 나쁜 오빠야아아아아아!"

사실 한세아도 지금 자기가 무슨 말을 하는지 모른다. 너무 무서워서 아무 말이나 마구 내뱉고 있는 중이다.

더욱 충격적인 것은 꼬꼬가 그에 못지않은 비명을 지르고 있다는 것.

키에에에에에에에엑!

살려줘.

꼬꼬의 비명은 애처로운 울음소리를 넘어선 절규였고 절망이었다.

키에에에에에에엑!

날고 싶다.

열심히 날아봤지만 날지 못했다. 날지 못하는 꼬꼬는, 한주혁의 표현을 빌리자면 그냥 닭 혹은 닭둘기다.

안 그래도 저번에 죽음의 공포를 맛보지 않았는가. 이번에는 더욱 생생하게 느껴졌다. 추락의 공포. 그 두려움. 비행형 몬스터인 꼬꼬는 그것에 익숙하지 않았고 더 무서웠다.

으아아아아아아악!

키에에에엑!

한세아와 꼬꼬가 함께 비명을 질렀다. 둘은 반강제적으로 강력한 동지애를 느껴야만 했다.

같은 시각.

버려진 영지 세르니아 필드. 루프라 던전의 입구에서 누군가가 중얼거렸다.

"여기군."

그에게도 알림이 들려왔다.

-루프라 던전에 입장하시겠습니까?

워프홀이 점점 줄어들고 있는 것으로 보아 입구가 곧 막힐 것 같다.

"절대악이 이 안으로 들어간 거죠?"

"맞아."

"방법이 있기는 있는 거겠죠? 아시다시피. 워낙 괴물 같은 놈이라."

그는 알고 있다. 절대악이 얼마나 상식을 벗어난 괴물인지. 괴물이라는 말로는 표현이 불가능하다. 절대로 이길 수 없는 전쟁을 억지로 이어가고 있다고 해도 과언이 아니라고 생각했다.

'그래도……'

절대악은 성좌와의 선전포고를 했다. 절대악의 여태까지 행보를 미루어 보았을 때, 절대악은 절대로 성좌와 손잡지 않을 거다.

허울 좋은 '상식이 통하는 세상' 따위를 만들기 위해 열심히 노력하겠지.

'우리는 이미 함께할 수 없으니까.'

그러니까 이쪽도 이쪽이 할 수 있는 최선을 다해야 했다. 그나마 다행인 건 절대악이 이쪽의 기척을 전혀 읽지 못하고 있다는 것. 성좌의 힘이 통하고 있다는 증거였다.

"인형들 점검은 다 해놨어요?"

"쓸데없는 말 지껄이지 말고 앞장서기나 해."

그 말에 3번 성좌. '신실한 처단자' 다르크는 인상을 찡그렸다.

'재수 없는 년.'

다르크는 4번 성좌. 인형술사 Siri를 그다지 좋아하지 않았다. 같은 배를 탔으니 어쩔 수 없이 함께하고 있을 뿐. 그래도 Siri의 능력 자체는 믿고 있다.

Siri라면 절대악과의 전면전도 가능할 것이다. 적어도 성좌 퀘스트 던전 속에서라면.

'절대악. 네놈이 아무리 상식을 벗어난 괴물이라 해도……'

이곳은 성좌 퀘스트 던전이다. 원래대로라면, 절대악은 클리어가 불가능한 곳이다. 배신자인 루나와 루펜달만 아니었다면 아마 절대악은 성좌 퀘스트 던전을 단 하나도 클리어하지 못했을 것이다.

다르크는 그렇게 생각했다.

"들어가죠."

어쩐 일인지 한주혁은 그 둘의 기척을 읽지 못했다. 심안과 광역탐지를 상시 활성화하고 있는데도 말이다.

한주혁은 그다지 무섭지 않았다. 떨어져 내리는 기분. 이거 익숙해지니까 그럭저럭 괜찮다.

"오, 오빠. 안 무거워요?"

이렇게 안기면 남자들 힘들어한다던데. 그녀는 걱정됐다. 오빠가 자신을 무겁다고 생각하면 안 되지 않은가.

'날 뚱뚱이라고 생각하면 안 되는데······!'

뭐가 어찌 됐든 남자 친구한테, 아니 미래의 남편인 한주혁에게 잘 보이고 싶은 마음은 늘 한결같다.

한주혁이 피식 웃었다.

"무겁냐고?"

아니. 상식적으로 세송아. 무거울 수가 없잖아. 현실에서라면 몰라도 여기는 올림푸스라고. 혼자서 수십만을 학살하는 능력을 가진, 말 그대로 사기급 클래스의 한주혁이다. 능력치로 치면 레벨 1000을 상회하는 능력을 가진 육체. 사람 한 명 안았다고 해서 힘들었다면 여기까지 오지도 못했다.

"응. 엄청 무겁네."

"저, 저 안 무거워요!"

한주혁은 다시 한번 피식 웃고서 상황을 체크했다. 비명을 질러대는 걸 보니 한세아와 꼬꼬도 멀쩡하고. 루펜달과 3총성은 비교적 잘 내려오고 있는 것 같고.

'지금 당장 어떤 힌트는 찾기 어려운 것 같고.'

루프라 던전. 달빛 하모니카로 활성화시킨 던전이다. 과거의 상황들과 단서들을 머릿속으로 조합했다.

'일단 달빛 피리부터였지.'

<달빛 피리-특수 강화>

아름다운 달빛의 요정 세니아가 항시 몸에 지니고 다니며 불었던 피리. 그녀의 모든 감정을 녹여낼 수 있는 피리라고 전해진다. 질투의 여신 쿠로스의 저주를 받기 이전까지 달빛 피리는 아름다운 선율을 연주했으나 저주를 받아 던전에 봉인된 지금은 아무도 피리를 불지 못하게 되었다고 전해진다. 피리를 불기 위하여 달빛의 조각이 필요하다.

옵션:

　　1) 저주받은 세니아의 던전 활성화

특수 강화:

　　1) 레벨 20 이상 NPC/지능형 몬스터 델리트 시 저주받은 세니아 보상 100퍼센트 증가(70/70)

달빛 피리를 활성화시키기 위해서는 달빛의 조각이 필요했고 이를 통해 세니아 던전을 활성화시켰다.

세니아 던전은 달빛의 요정 세니아의 이름을 딴 던전이었다. 그곳에서 성검 세니아를 얻을 수 있었다.

<성검 세니아>

세계 12대 초인 중 한 명이었던 세니아가 사용했던 명검. 달빛으로 연단한 명검으로 알려져 있다.

등급: 신

내구력: 무한

특수 능력: '어둠을 베다' 사용 가능

+상세설명

세니아는 달빛의 요정이었으며 그녀의 이름을 딴 '성검 세니아'는 달빛으로 연단한 명검으로 알려져 있단다.

'그리고 이번에 내가 가지고 있는 것이 달빛 하모니카.'

<달빛 하모니카>

아름다운 달빛의 요정 세니아의 연인. 루폰테가 항시 몸에 지니고 다니며 불었던 하모니카. 루폰테는 이 하모니카로 세니아에게 사랑을 속삭였다. 질투의 여신 쿠로스의 저주로 인하여 세니아의 피리가 망가졌을 때, 하모니카는 더 이상 소리를 낼 수 없게 되었다고 전해진다. 하모니카를 불기 위하여 특별한 조건이 필요하다.

옵션:

1) 루프라 던전 활성화

+상세설명

전체적인 내용을 살펴봤을 때. 이곳과 관련된 모든 것들은 두 가지 키워드를 공통적으로 포함하고 있다. 이미 알고 있었듯 '달빛'과 더불어.

　'질투의 여신 쿠로스.'

　굳이 다시 한번 생각을 떠올렸을 정도로 거창한 설명들.

　'과연 아무런 이유가 없을까?'

　계속해서 밑으로 빨려가고 있는 느낌.

　"루나. 꼬꼬. 조용히 해."

　루나(한세아)와 꼬꼬는 여전히 비명을 질러대는 상태. 한주혁이 좀 더 크게 얘기했다.

　"루나. 꼬꼬. 닥치라고!"

　꼬꼬는 삽시간에 입을 다물었다. 한세아도 번쩍 정신을 차렸다. 밑으로 떨어지는 것도 무섭지만 화난 오빠는 더 무섭다.

　'우이씨.'

　천세송만 챙기는 것도 서운한데 이렇게 윽박지르기냐! 나 무서워 죽겠단 말이야!

　……라고 아주 잠깐 생각했지만 그녀는 이내 마음을 고쳐 먹었다.

　'오빠가 저 정도로 말을 할 정도면……. 뭔가 있는 게 틀림없어.'

　오빠가 아무 이유 없이 저렇게 진지하게 비속어를 사용할 리는 없다. 그녀는 오빠에 대해서 잘 안다. 무서움을 좀 참고 말을 좀 잘 들어야겠다고 생각했다.

'으으. 가슴이 근질거려.'

소리를 좀 내질러야만 괜찮을 거 같은데. 비명 지르고 싶어 죽겠는데. 비명이라도 질러야 좀 살 거 같은데.

'참아야 돼.'

오빠한테 방해가 되면 안 된다. 도움만 주기로 스스로 약속 했다.

'도움이 못 될지언정 방해는 되지 말아야지……!'

그녀는 거의 공황상태에 빠져들었다. 머릿속에 아무것도 들어오지 않았고 아무것도 들리지 않았다. 아무것도 안 보였다.

그러한 가운데, 한주혁이 입을 열었다.

"네 이름은 쿠로스. 질투의 여신이지."

한주혁에게 어떤 말이 들렸던 것인지는 몰라도, 한주혁이 말함과 동시에 한세아는 번쩍! 정신을 차렸다.

'어?'

더 이상 무서움이 느껴지지 않았다. 미친 듯이 떨어져 내리는, 밑에서 강력한 무언가가 빨아당기는 그 느낌이 완전히 사라졌다.

한세아는 조심스레 눈을 떴다.

'여, 여기는…… 땅? 나, 지금 산 거야?'

발로 땅을 톡톡 건드려 봤다. 진짜 땅이었다. 어느샌가 그녀는 땅에 서 있는 상태.

"으이씨."

저도 모르게 눈물이 찔끔 새어 나왔다. 아무리 그녀가 강력한 성좌라고 해도, 무서운 건 무서운 거다. 참고로 한세아는 커다란 바퀴벌레만 봐도 운다.

루펜달은 주위를 둘러봤다.

"동산…… 형태의 필드인 것 같습니다. 형님."

푸른 잔디가 넓게 깔려있다. 중간중간, 알록달록한 꽃들도 무리를 지어 피어 있었고 하얀색 나비들이 날아다녔다.

날이 굉장히 흐렸다. 하늘은 검은색이었다.

'하늘은 검은색. 햇빛은 없는데.'

필드는 정확하게 보였다. 흐린 어느 여름날처럼.

"그런데……"

루펜달은 이상함을 느꼈다.

'내가…… 이상해.'

정확하게 말하자면 흰색 나비와 눈이 마주쳤을 때였다.

흰색 나비는 나비가 아니었다. 가까이 다가온 나비는, 나비가 아닌 요정이었다. 흰색에 가까운 반투명한 날개를 가진, 귀엽게 생긴 어린 여자아이의 눈과 루펜달의 눈이 마주쳤을 때. 그때부터 이상함이 느껴졌다.

이상함을 느낀 건 비단 루펜달뿐만이 아니었다. 천세송. 한세아. 그리고 한주혁마저도 이상함을 느꼈다.

한주혁이 인상을 찡그렸다.

'이건…… 무슨 상황인 거지?'

루펜달은 순간 이상함을 느꼈다.

'이상해.'

뭐랄까. 이 기분. 심장이 근질근질했다. 좋은 의미는 아니었다. 무언가 깃털 같은 것이 심장을 간지럽히는 느낌이었는데.

'나는 왜 화가 나지?'

화가 났다. 한주혁 옆에 천세송이 있는 것이 눈에 들어왔다.

'저 자리가 내 자리였다면……!'

순간, 루펜달은 너무 화가 났다. 주체할 수 없을 정도로.

'이건……:'

질투?

'이건 말도 안 된다.'

루펜달은 한주혁을 남자로 본 적이 없다. 언제나 그렇게 생각해 왔다. 질투 같은 감정을 느껴본 적도 없다.

'이건 함정이다.'

저 나비 같은 요망한 것과 눈이 마주쳤을 때부터 이렇게 됐다.

'마인드 컨트롤. 마인드 컨트롤.'

그런데 감정을 주체하기가 힘들었다. 누군가 자신의 머릿속에 대고 '마리안을 죽여. 마리안을 죽여. 그러면 저 남자는 네 거야'라고 직접적으로 속삭이는 것 같았다.

그러한 마음이 점점 커졌다. 루펜달이 황급히 외쳤다.

"형님! 저를 지금 죽여 버리십시오!"

"……."

"자꾸 질투가 납니다. 빌어먹을 던전이 저한테 무슨 짓을 한 것 같습……!"

루펜달의 눈동자가 하얀색으로 물들기 시작했다. 루펜달이 빠르게 말을 이었다.

"아까 떨어질 때 형님께서 시키신 것은 다 했습니다! 이 빌어먹을 3층성 자식아! 그렇지?"

루펜달은 거기까지 말하고서 더 이상 말을 하지 못했다. 거의 알아들을 수 없을 정도로 '형님을 갖고 싶습니다. 형님과 함께 살고 싶습니다. 형님. 저만 바라봐 주세요, 형님' 하고 이상한 말을 자꾸만 중얼거렸다.

한세아는 황당했다. 루펜달이 질투를 해?

'게이야?'

한세아는 성적 소수자에 대한 편견은 없었다. 루펜달이 갑자기 이상한 말을 해서 신기할 뿐.

'어……?'

그런데 그녀 자신도 이상했다.

'뭐야?'

나 왜 이래?

'왜…… 세송이가 이렇게 싫어?'

이건 말도 안 된다. 한세아는 그 순간, 루펜달이 무슨 말을 한 건지 알 수 있었다.

'여기는 성좌 퀘스트 던전이자…….'

달빛과 관련된 어떤 스토리를 가지고 있는 던전이다. 달빛 하모니카와 달빛 피리에 등장하는 '질투의 여신 쿠로스'와 관련이 있는 곳.

'던전의 특수 효과인가?'

거기까지 판단이 되었을 때. 한세아는 이성을 거의 잃어갔다.

'우리 오빠네.'

방금. 그렇게 오랫동안 떨어져 내리는데 오빠는 자신에게 눈길 한 번 주지 않았다.

이윽고 한세아의 눈동자도 하얀색으로 물들어버렸다.

"우리 오빠라고!"

한주혁은 한세아의 몸에서 일어나는 변화를 알아차릴 수 있었다.

'마나가 요동치고 있어.'

마치 마법을 준비하는 것처럼. 루펜달과 한세아는 일단 제정신이 아닌 듯했다.

'설마 세송이도?'

세송이도 정상이 아닌 것 같았다. 몸을 부르르 떨고 있었다. 귓말이 들려왔다.

-오빠 이상해요.

한세아와 루펜달보다는 이 특수 효과에 더 내성을 가지고 있는 것 같았다. 아직은 이성을 유지하고 있는 상태.

-나 왜 저 두 사람이 이렇게 미워요?

천세송은 혼란스러웠다.

-걱정 마. 던전 특수 효과야. 최대한 마인드 컨트롤하고 있어.

-나 오빠 갖고 싶어요.

한주혁은 딱히 대답하지 않았다. 지금 이곳에 있는 세 사람. 루펜달과 한세아. 그리고 천세송은 무언가에 휘둘리고 있다.

-나 오빠랑 자고 싶어요.

한주혁은 이번에도 대답하지 않았다. 그래! 대답하고 싶은 마음이 굴뚝같았지만 지금은 그럴 때가 아니었다.

한주혁이 말했다.

"너냐?"

"안녕? 반가워. 나는 달빛의 요정 시리아야."

반투명한 날개를 가진 요정 형태의 무언가가 한주혁에게 가까이 다가왔다.

달빛의 요정은 방긋방긋 웃으면서 말했다.

"혹시 몰라 말하는 건데 내게 해코지를 하면 저 아이들은 영영 원래대로 돌아오지 못할 거야."

목소리는 굉장히 앳되었다. 아주 어린 여자아이의 목소리.

"아, 그래?"

"저 아이들 제법 예쁘네?"

상황파악이 제대로 안 된 3층성(그는 인터넷에서는 뛰어난 논객이었으나 몸으로 부딪친 미지의 던전에 대한 파악은 많이 늦었다)은 이 와

중에도 이해하지 못했다.

'여자애들?'

앱솔루트 네크로맨서와 7번 성좌는 그렇다 치더라도, 루펜달도 여자라고? 저 요정이 미쳤나?

'루펜달은…… 여성 성향을 가진 놈이었나.'

그래서 '형님! 형님! 형렐루야!'를 외치며 절대악의 뒤를 졸졸 따라다니는 건가.

달빛의 요정이 말을 이었다.

"나는 예쁜 년들이 싫어. 얼굴만 믿고 너무 나댄다니까."

"할 말은 다 했냐?"

한주혁은 달빛의 요정과의 대화에만 몰두하고 있는 건 아니었다. 지금은 이 던전에 대한 파악이 필요했다. 천세송을 안고 떨어지는 그 와중에도 한주혁은 심안과 광역 탐지를 활성화시켜 놓은 상태였고, 그때 루펜달과 3층성에게 무언가를 지시했었다. 방금 루펜달은 그 일을 완료했다고 대답했고.

"너. 재수 없어. 왜 예쁜 여자애들한테 둘러싸여 있어?"

한주혁이 피식 웃었다.

"왜? 넌 못생겨서 꼽냐?"

"내가 못생겼다고?"

요정의 날개가 바르르 떨리기 시작했다.

"내가 못생겼어?"

"그럼 설마 예쁘다고 생각해?"

한주혁의 기감이 주위를 쉴 새 없이 훑었다.

-스킬. 악신의 가호를 사용합니다.

악신의 가호를 통해 마법을 막아냈다. 한세아가 마법을 사용해 천세송을 공격했기 때문이다. 천세송도 그에 지지 않았다.

"일어나라. 죽음의 꽃순이여."

그러나 꽃순이는 응답하지 않았다.

"일어나라. 죽음의 군사여!"

천세송의 사령술이 제대로 먹히지 않았다. 이곳, 루프라 던전의 특수 효과인 것 같았다.

그 와중에 루펜달이 페닉서스를 휘둘렀다. 한주혁은 가차 없이 백참격을 사용했다.

-플레이어를 사살하였습니다.

-아서 님은 위명을 가진 플레이어입니다.

-평판에 그 어떠한 영향도 끼치지 않습니다.

일단 루펜달은 처리했다. 악명이 위명으로 전환된 덕택에 아무런 페널티도 받지 않았다.

-루펜달. 제정신이면 로그아웃하지 말고 기다려.

대답은 들려오지 않았다. 이곳은 성좌 퀘스트 던전이다. 성좌의 힘이 반드시 필요한 때가 올 수도 있다. 그때가 오면 한세아의 힘을 통해 부활시키면 된다.

한주혁은 오랜 시간 탐색을 하면서 무언가를 알아냈다.

"이 상황을 만든 게 너라는 얘기잖아. 그렇지?"

아주 미세한 힘이 달빛의 요정으로부터 뿜어져 나오고 있었다. 아주 가느다란 실 같은 마나가 천세송, 한세아, 루펜달에게 이어져 있었다. 정말 눈에 힘 주어 살펴보지 않으면 보이지 않을 정도로 미세해서 파악하는데 시간이 좀 걸렸다.

"맞아. 하지만 넌 날 때릴 수 없어. 너같이 강한 녀석이 나를 때리면 저 계집년들은 절대 원래대로 못 돌아와."

"그게 시스템 설정값인 거잖아."

"난 그런 말 몰라."

달빛의 요정은 '8'자를 그리면서 유유히 날았다.

"나는 예쁜 년들이 싫어. 나는 너를 빼앗아야겠어."

달빛의 요정과 눈이 마주쳤다.

"너는 나를 사랑하게 될 거야. 저런 못생긴 년들이 아니라. 바로 나. 달빛의 요정 시리아를 말이야. 아가야, 아가야. 내가 제일 예쁜단다."

한주혁은 그 눈을 피하지 않고 똑바로 응시했다.

-매우 강력한 세뇌의 기운이 신체에 파고듭니다.

-불꽃의 진 파천악심공이 외부의 기운에 저항합니다.

한주혁의 몸에서 검은색 불꽃이 일기 시작했다. 그와 동시에 달빛의 요정은 무언가에 얻어맞기라도 한 듯 비명을 질렀다.

"꺄악!"

달빛의 요정의 몸이 뒤로 튕겨져 나갔다.

"이게 다냐?"

그사이에 한세아가 또다시 마법을 사용했고 한주혁은 그걸 어렵지 않게 막아냈다. 한세아가 아무리 날고 기는 7번 성좌라 할지라도, 한주혁 앞에서는 어린아이에 불과했으니까. 어린애가 장난을 치고 힘들게 굴면, 조금 성가실지언정 그다지 위험하지는 않은 법이다.

-매우 높은 지능 스탯을 확인합니다.

-절대악 클래스를 확인합니다.

클래스 판정에서도 우위를 점했다. 아무래도 '달빛의 요정'이 가진 힘은 '절대악 클래스'에도 상성상 불리한 것 같았다.

-대군주의 자격을 확인합니다.

이것은 조금 애매했다. 왜 저항하는 데에 '대군주의 자격'이 필요한 건지. 그건 잘 모르겠다.

-놀라운 저항력을 확인합니다.
-저항에 완벽하게 성공하였습니다.

한주혁이 씨익 웃었다. 이 정도면 그다지 어렵지 않을 것 같다. 달빛의 요정의 얼굴이 붉어졌다.

"말도 안 돼! 너 도대체 뭐하는 놈이야!"

자신의 세뇌에 걸리지 않다니.

"너. 왜 날 사랑하지 않아?"

"진짜 돌았냐?"

"나랑 짝짓기를 하자. 저년들이 보는 앞에서."

3충성은 여전히 황당했다. 7번 성좌는 죽어라 앱솔루트 네크로맨서를 공격하고 있고, 그 공격은 절대악에 의해 번번이 막히고 있는 상황.

그사이 달빛의 요정이 뭔가 공격을 한 것 같긴 한데 절대악의 몸에서 검은색 불꽃이 튀어 오르더니 그걸 쉽게 막아냈다.

'정신 차리자. 3충성아. 나는 인터넷 논객이다. 아주 유명한 논객. 상황을 객관적으로 보자······!'

그러나 역시 이론과 실전은 달랐다. 뭐가 어떻게 돌아가는 건지 하나도 모르겠다.

한주혁이 목을 돌렸다. 우드득 소리가 났다.

"상황 파악은 거의 됐거든."

아무것도 아닌 것 같은 대화 속에서 단서들을 얻을 수 있었다.

'일단 시스템 설정은 무시하고.'

케르핀의 낙서장을 사용하기로 했다. 혹시라도, 정말 만에 하나라도 저 세 명이 제정신으로 돌아오지 않으면 안 되니까.

-케르핀의 낙서장을 사용하였습니다.

-달빛의 요정에게 위해를 가해도 마리안, 루나, 루펜달에게는 그 어떠한 추가 제재가 가해지지 않습니다.

이거 참 유용한 아이템이다. 횟수제한이 있다는 게 제일 아쉬운 아이템.

달빛의 요정이 뒷걸음질, 아니, 뒷날갯짓을 쳤다.

"나, 나를 때리려고?"

"잘못을 했으면 좀 맞아야지."

그냥 죽일 생각은 없다. 분명 키를 가지고 있는 몬스터 혹은 NPC다.

-스킬. 평범하지 않은 강력한 주먹을 사용합니다.

-데미지 조정율을 -100%로 조정합니다.

현재 한주혁은 구마도스 장갑을 끼고 있는 상태. 달빛의 요정에게 속성방어가 있다고 해도 얼마든지 무시할 수 있다.

"후, 후회하게 될 거야."

"제발 후회 좀 하게 해줘."

한주혁이 한 걸음 더 가까이 다가갔다. 3충성은 그제야 느낄 수 있었다.

'내 눈에 절대악의 움직임이 잡힌다는 건……'

절대악이 엄청나게 천천히 움직이고 있다는 뜻이다. 매우 느린 속도로. 절대악이 마음먹고 움직이면 자신은 볼 수가 없다.

'노리는 게 있어.'

그게 뭐지?

'이 급박해 보이는 상황 속에서…… 어떤 계산을 하고 움직이는 건지 모르겠군.'

물론 3충성의 분석은 조금 틀렸다. 한주혁은 그렇게 급박하지 않다. 안전장치도 마련해 놓은 상태다. 급박하지 않은 상태로 지형지물과 마나의 흐름 등을 전부 파악했다.

심안을 극도로 활용하여 달빛의 요정을 계속해서 관찰했다. 모든 상황 파악을 차분하게 끝낸 뒤. 그제야 움직이기 시작한 거다. 3충성의 생각만큼, 한주혁은 당황한 상태가 아니다.

"내가 너 같은 것들을 잘 아는데."

일단 맞으면 말을 잘 듣는다.

"좀 맞으면 정신을 차려."

달빛의 요정 시리아의 날개가 파르르 떨렸다. 그 날개에서 하얀색 빛이 뿜어져 나오기 시작했다. 한주혁이 씨익 웃었다.

"이제야. 본색을 드러내는 거냐?"

팟!

빛이 터져 나왔다.

달빛의 요정 시리아의 모습이 변했다. 한주혁이 시리아를 쳐다봤다.

'메두사 형태의 몬스터.'

하반신은 뱀. 상반신은 인간. 그리고 머리카락은 뱀으로 이루어져 있는 몬스터가 모습을 드러냈다. 어떤 식으로든, 다른 모습을 가지고 있을 거라고 생각했다. 이건 마나의 흐름을 토대로 유추했다. 그냥 그렇지 않을까, 생각하던 중이었는데 진짜였다.

모습이 변한 것 자체는 그다지 중요하지 않았다.

"더 때릴 곳이 많아졌네."

한주혁이 또다시 한 걸음. 발걸음을 움직였다.

쉬익-! 쉬익-!

시리아의 머리카락. 그러니까 수많은 뱀들이 쉬익-! 쉬익-! 하고 요란한 소리를 냈다.

시리아가 말했다.

"너. 후회하게 될 거야."

목소리도 변했다. 어린아이의 목소리에서 상당한 중저음의 여자 목소리로 완전히 변했다.

"이곳은 나의 집."

아까 시리아의 날개가 파르르 떨릴 때처럼, 이곳 들판이 부르르 떨리기 시작했다.

"나의 아름다운 지성소."

시리아가 눈을 번쩍 떴다. 황금색 눈동자가 마친 뱀의 그것처럼 가늘어졌다. 필드가 변화하기 시작했다. 점점 어두워졌다. 들판의 형태였던 곳이 동굴의 형태로 변했다.

"나의 아름다운 성."

한주혁이 고개를 끄덕였다.

"그럴 것 같았거든."

3층성은 여전히 이해하지 못했다. 그럴 것 같았다고? 뭐가 어떻게 돌아가는 거야?

'절대악은 마치 이 상황을 전부 예측하고 있었던 것 같은 모양새인데.'

미치겠네. 하나도 모르겠다. 아무래도 인터넷 논객이란 이름을 버려야 할 거 같다. 실전에 들어오자 절대악이 뭘 하는지, 왜 아까 그런 걸 시켰는지, 지금 어떤 생각을 갖고 움직이는 건지, 하나도 모르겠다.

'진짜……'

실전에 투입되어 보니 알겠다. 밖에서 볼 때와는 좀 달랐다. 안에서 직접 경험하는 절대악은 상상 이상이었다. 단순히 클래스빨이 절대 아니다.

'절대 클래스빨이 아냐.'

절대악의 높은 지능 스탯 덕분인가.

'전체 판을 읽는 능력 자체가……. 나 따위와는 비교도 되지 않는다.'

인터넷에서 잘나가는 인터넷 논객이라도, 실전에서 뛰는 최정상급 플레이어의 플레이를 이해하기는 어렵다는 것을 몸으로 배웠다.

3충성의 귀에 절대악의 말이 들려왔다. 이번 말은, 3충성도 이해할 수 있는 말이었다.

"어서 와. 마성격은 처음이지?"

거기서 3충성은, 제대로 상상조차 못 하던 신세계를 경험했다. 몸으로 직접 말이다.

4장
몬스터 핵

시리아는 자신만만했다. 이 인간 놈. 결코 만만한 놈이 아니라는 것은 직감하고 있었다. 그래서 본래의 모습을 드러냈다.

이 몸으로 돌아오면 훨씬 더 편한 마력 운용을 할 수 있다. 그 덕택에 저 하찮은 계집년들은 더욱더 질투를 불태우며 서로를 공격하고 있다.

'네놈이 커버할 수 있는 것도 한계가 있겠지.'

이제부터는 자신의 진짜 능력을 보여줄 것이다. 그러면 저놈도 더 이상 저 계집년들에게 딱히 신경을 쓰지 못하게 될 거고, 저 계집년들은 서로를 죽이고야 말겠지.

"나의 아름다운 성."

필드가 변하기 시작했다.

"나의 보금자리가 있다면 인간 네놈은 결코 내게 해를 가할 수 없을 것이다."

그녀의 진정한 보금자리. 사실 이 동산은 눈속임에 불과했다. 먹잇감들을 유인할 수 있는 그녀의 동굴.

한주혁은 그 말을 놓치지 않았다.

'형태야 어찌 됐든 시스템 설정상 성이잖아.'

성이면 사용할 수 있지 않은가.

-스킬. 마성격을 사용합니다.

일반적인 성과는 형태가 달랐다. 보통 일반적인 성이라면, 성벽이 존재하게 마련이고 마성격을 사용하면 성벽이 검은색으로 물들게 된다.

"그니까 내가 널 못 칠 것 같으니까 지금 기가 산 거네?"

"그렇게 자신만만한 것도 이제는 끝이다. 나의 보금자리가. 나의 지성소가. 나의 아름다운 이 집과 성이 나를 수호의 길로 이끌 것이야."

한주혁이 주위를 둘러봤다.

'좋네.'

마성격이 적용되었다. 성. 참 좋다.

'동굴 형태.'

아마도 메두사 형태의 몬스터. 시리아의 보금자리일 것이다. 깊은 굴의 형태를 띠고 있었다. 워낙에 어두워서 제대로 보이지 않았지만 마성격의 기운이 동굴 벽면에 가득 찼다. 동굴 전체를 마성격이 뒤덮었다고 보면 됐다.

시리아가 물었다.

"뭘 하려는 거지?"

그래 봤자다.

"네놈이 뭘 해도. 네놈이 인간인 이상 내 집을 어떻게 할 수는 없어."

"그것참 무섭네."

"발버둥치지 말고 겸허히 네 순결을 내게 바치는 게 좋을 거야."

마성격은 반격기임과 동시에 공격기이기도 하다. 200년간 혼자서는 절대로 공략이 불가능하다고 알려진 성을 혼자서 공략할 수 있도록 만들어주는 사기급 스킬.

"뭐, 뭐, 뭐냐!"

이 동굴 자체가 하나의 성. 한주혁에게는 이 동굴의 내구도가 느껴졌다. 몬스터나 NPC로 치자면 내구도란 H/P에 해당한다. 순식간에 H/P가 깎여나갔다. 허공에 검은색 마창이 생겨났다.

시리아의 목소리가 쩌렁쩌렁 울렸다.

"나의 집! 나의 집이다! 나의 아름다운 성이다!"

"그래서?"

"이 집이 나를 지키는 한 네놈은 나를 털끝 하나 건드릴 수 없을 것이다!"

성 부수는 거. 하루 이틀 일도 아니다. 아주 쉽다.

'내구도를 깎는 것만으로는 소유권 이전이 안 되네.'

플레이어들이 소유하고 있는 성을 칠 때에도 특수한 '크리스탈'을 부숴야만 소유권이 이전되지 않는가.

'뭐. 아무려면 어때.'

이 성 가져봤자 어디다 쓰겠는가. 어차피 이 성은 이곳 루프라 던전을 클리어하면 쓸모없어질 텐데.

"네 동굴 믿고 까불었냐?"

성벽의 보호를 받는 플레이어는 성벽의 내구도가 완전히 떨어질 때까지 H/P가 하락하지 않는다. 시리아 역시 마찬가지일 것이 분명했다.

"내, 내, 내 아름다운 지성소에 무슨 짓을 한 거냔 말이다!"

시리아는 분노했다.

"이럴 리가 없다!"

"이럴 리가 있어."

'이럴 리 없다'라든가, '말도 안 된다'라든가. 기타 등등. 그런 말은 하도 많이 들어서 이제 새롭지도 않다.

3충성은 시리아의 당혹스러운 표정을 보면서 인터넷 논객 3충성으로 돌아갈 수 있었다.

'지금…… 여기는 성인 거고, 그 성을 그냥 무너뜨려 버린 거네.'

원래는 불가능한 일이다. 오로지 절대악만이 가능한 일.

'가만.'

그런데 조금 이상했다.

'이곳은 원래 성좌 퀘스트 던전이라며?'

같은 난이도라면.

'성좌들이 이러한 퀘스트를 클리어할 수 있다고?'

이것이야말로 말이 안 된다.

'성을 부수려면 성벽 전체에 일정 이상의 타격을 동시에 가해야 하는데.'

분명히 그렇다.

'성좌들은 그게 불가능할 텐데.'

이쯤 되니 좀 궁금해졌다. 절대악의 사기적인 능력은 그렇다 치더라도, 성좌들에게는 이 정도의 능력이 없을 텐데.

'잘 모르겠어.'

절대악이 들어오느냐, 성좌가 들어오느냐에 따라 던전의 난이도가 달라지거나 하는 건가.

3층성이 의문을 품을 무렵, 시리아는 절규했다.

"네놈! 인간이 아닌 것이냐!"

시리아 역시 인간에 대해 알고 있다. 인간이 어떻게 이럴 수 있단 말인가.

한주혁이 씨익 웃었다.

"내가 좀 세서."

시리아를 공격하지는 않았다.

'뭔가 있어.'

그사이에 또다시 한세아가 천세송을 공격하는 바람에 잠시 한세아를 기절시켰다.

'시간을 너무 끌면 루펜달이 강제 로그아웃되고.'

성좌 퀘스트 던전을 클리어하려면 루펜달의 힘이 필요할 수도 있다.

'적당히 시간을 끌면서 클리어와 관련된 키를 찾아야 해.'

이 시리아가 단순히 '성'만을 믿고 있을 리는 없다. 분명히 뭔가 더 있다. 한주혁은 그 무언가를 기다렸다.

'마나의 흐름이 계속해서 시리아를 향하고 있어.'

이 성, 그러니까 이 동굴에 흐르는 마나가 시리아에게 집중되고 있었다. 이윽고 시리아가 외쳤다.

"사랑스러운 아이들아!"

그와 동시에 시리아의 머리카락이 하늘로 삐죽 솟아올랐다. 뱀들이 일자로 몸을 쭉 폈다.

쉬익-! 쉬익-!

요란한 소리가 들려왔다.

동굴 여기저기서 들려오는 소리의 크기가 점점 더 커졌다.

'뱀들?'

수많은 뱀들이 벽 틈 사이에서, 바닥의 틈 사이에서, 천장을 뚫고서 모습을 드러냈다. 새하얀 뱀들이었다.

"나의 아름다운 아이들아. 저놈을 먹어 치워라!"

정확한 숫자를 파악할 수 없었다. 어느새 그 하얀 뱀들은 동굴 벽면을 가득 채웠다.

"네놈이 아무리 미친놈이라 할지라도 나의 아름다운 아이들에게는 어쩔 수 없을 것이다."

이럴 때에는 광역기가 최고다.

-스킬. 아수라극천무를 사용합니다.

한주혁의 궁극기 중 하나. 아수라극천무가 펼쳐졌다. 순식간에 알림이 들려왔다.

-'백사'를 사냥하였습니다.
-'백사'를 사냥하였습니다.
…….
-'백사'를 사냥하였습니다.

저 몬스터의 이름이 백사인 것 같았다.

"뭐야, 너무 약하잖아?"

아수라극천무는 눈앞에 보이는 모든 적을 섬멸한다. 한주혁은 일부러 시리아를 살려놓았다. 아직 더 있다.

-3층성. 뭐 해?

백사들로부터 아이템 몇 개가 떨어졌다. 3층성은 해일과도 같았던 백사 무리를 순식간에 소거해 버린 한주혁의 위용에 놀라 아무것도 못 하고 있던 중이었다.

-주, 줍겠습니다, 형님.

나는 기필코 절대악에게 형님이라 부르지 않겠다. 내가 형이다. 내가 더 나이 많다. 그렇게 생각했는데 아수라극천무를 본 3충성은 많이 작아지고 겸손해졌다.

'그, 그래.'

뭐가 어찌 됐든 세면 형 아니겠는가. 나는 비겁한 게 아니다. 절대악이 지나치게 강할 뿐.

3충성은 아이템 콜렉팅을 사용하며 아이템 몇 개를 수거했다. 한주혁이 시리아에게 한 걸음 다가갔다. 시리아가 약간 뒤로 물러섰다. 한주혁의 말도 안 되는 능력에 어지간히도 질린 것 같았다.

한주혁이 말했다.

"그래서 다음은?"

한주혁의 눈에는 보인다. 지금 아까보다 더 강력한 마나의 흐름이 시리아에게 향하고 있었다.

'점점 더 큰 걸 준비하는 모양인데.'

그래 봤자 별거 없기는 했다. 뱀 떼 이후에 모습을 드러낸 것은 해골 떼였다. 살점이 남아 있는 해골도 있었고 살점이 완전히 사라진, 말 그대로 해골들도 있었다.

시리아의 등 뒤로 수백에 달하는 해골군단이 모습을 드러냈다.

"네놈에게서는 악한 기운이 느껴진다."

루펜달이 제정신이었다면 '형님께서는 절대악이시기 때문이다, 이 뱀새끼야!'라고 외쳤겠지만 루펜달은 잿더미가 된 지금도 천세송과 한세아에 대한 질투를 활활 불태우고 있는 중.

그녀는 잿더미가 된 상태로 '나만이 형님의 여자가 될 자격이 있다!'라고 외치고 있었다.

한주혁이 대꾸했다.

"악한 기운이 뭐 어쨌다는 거지?"

"네놈의 능력은 이미 파악했다. 너는 괴물 같은 힘을 가지고 있지. 하지만 그 힘을 과신하여 내게 시간을 너무 주었다."

"아?"

나도 알아. 너는 지금 계속 뭔가를 준비하잖아. 클리어에 대한 실마리를 얻기 위해 그냥 일단은 두고 보는 중인데. 굉장히 자신만만하네?

"왜? 내 속성에는 공격받지 않는 해골군단인가 봐?"

생긴 건 아무리 봐도 악/마 속성 같은데, 악/마 속성 공격에는 영향을 받지 않는 피조물들인 것 같았다. 아나나 다를까. 한주혁의 또 다른 광역기인 악신강림에는 영향을 받지 않았다.

그제야 시리아는 자신감을 되찾은 것처럼 보였다.

"오호호호!"

저 재수 없는 계집년들을 죽이고.

"계집년들 앞에서 네놈을 범해주마!"

시리아의 눈동자가 가늘어졌다. 황금빛으로 빛났다. 한주혁을 보며 입맛을 다셨다.

한주혁이 어깨를 으쓱했다.

"안 통하네?"

"내가 말하지 않았느냐, 이 한심하기 짝이 없는 수컷아!"

"그러면 어쩔 수 없지."

마법이나 스킬이 안 통해? 광역기가 안 먹혀?

"그럼 그냥 존나 맞자."

그러면 주먹으로 때리면 된다. 조금 귀찮고 번거로울 뿐. 안 될 건 없다.

-스킬. 파천보법을 사용합니다.

파천보법에 이은 한주혁의 주먹질. 그는 현재 '구마도스 장갑'을 끼고 있는 상태다. 속성 방어를 무시하는 능력을 가졌다. 악/마 속성 공격을 무시하는 방어 속성을 가졌다면, 그냥 평타로 때리면 된다.

평타는 주먹질이다. 주먹질에는 딱히 속성이 없다.

시리아의 몸을 꿈틀거렸다. 어떻게 움직인 것인지는 몰라도 굉장히 빠른 속도로 뒤로 움직였다. 동굴 벽면을 타고 올라갔다. 천장에 자리를 잡은 시리아는 거꾸로 매달렸다.

"이, 이이 미친놈이……!"

116 **랜덤 플레이어** — 15

"자. 다음은?"

한주혁은 속으로 시간을 계속 체크했다.

'남은 시간은 3분.'

그때는 선택을 해야 한다. 루펜달을 되살릴지, 그냥 둘지.

'지금 상황이라면 세아가 루펜달을 살려줄 것 같지도 않고.'

지금은 통제가 불가능한 상태다. 천세송에게도 적의를 불태우고 있지만 루펜달도 싫어한다.

그냥 오빠 옆에 있는 여자들은 다 싫단다. 나만 오빠 옆에 있을 거라고 바락바락 소리를 지르며 마법을 사용하는 중이다.

천장에 거꾸로 매달린 시리아의 뱀으로 이루어진 머리카락이 마치 바람결에 나부끼듯 떨어져 내리기 시작했다. 그 뱀들은 백사들이 처음에 모습을 드러냈던 것처럼 벽 틈 사이로, 천장 사이로, 바닥 틈 사이로 사라져 갔다.

대머리가 된 시리아가 악에 받쳐 소리쳤다.

"내게 시간을 준 것을 후회하게 해주마."

저런 인간이 있을 줄은 몰랐다. 자신의 아름다운 성을 파괴하고, 귀여운 새끼들을 모조리 죽인 것도 모자라 '그분'께서 주신 해골군단마저 맨손으로 박살 냈다. 미친놈이다.

'하지만……!'

이제는 상대할 수 있을 것이다.

"모습을 드러내라!"

공간이 일렁거리기 시작했다. 마치 새로운 몬스터가 등장하는 것처럼 말이다. 이번에는 꽤 특별한 녀석인지 알림이 들려왔다.

-준보스 몬스터. '스톤 아나콘다'가 모습을 드러냅니다.

동굴이 크게 확장되었다. 그리고 모습을 드러낸 거대한 뱀의 눈이 붉은색으로 빛났다.

'준보스 몬스터?'

일반적인 뱀은 아니었다.

'돌로 이루어진 뱀이고.'

더 정확히 말하자면 돌보다는 바위로 이루어진 뱀이었다. 그런데 이 뱀도 그냥 뱀은 아닌 것 같았다.

"가라. 사랑스러운 나의 골렘이여."

콰과광!

한주혁의 주먹에 얻어맞은 스톤 아나콘다의 몸이 박살 났다. 몸 일부가 먼지가 되어 사라졌는데.

'어?'

그 먼지들이 다시 하나로 융합되기 시작했다.

'골렘이라는 게……'

계속해서 재생을 하는 형태의 몬스터인 것 같았다.

'남은 시간은 이제 2분.'

2분 동안 아예 본체인 시리아를 없애 버릴지. 그냥 루펜달을 로그아웃 시켜놓고 천천히 클리어를 할지. 결정하면 된다.

한주혁이 인상을 찡그렸다. 마치 낭패를 당한 것처럼 연기했다.

"이것이…… 골렘이냐?"

"그래."

오호호호! 그녀의 웃음소리가 짙어졌다. 그래. 바로 저 표정이다. 당황스럽고 당혹스러운 저 표정. 저 표정이야말로 귀여운 표정이다.

"자세히 보니 잡아먹고 싶게 생겼구나. 나와 뜨겁게 몸을 섞은 뒤 내 뱃속에서 따뜻하게 잠들게 해주마."

한주혁이 곤경에 처한 듯 중얼거렸다. 여태까지와는 많이 다른, 자신 없는 태도였다.

"골렘을 없애려면…… 어디에 있을지 모를 몬스터 핵을 파괴해야 하는 거겠지? 그런 거겠지……?"

그 말에 시리아는 더욱 기고만장해졌다. 저 말이 맞았다. 스톤 아나콘다의 본체를 아무리 공격해 봤자 소용없다. 결국은 몬스터 핵. 골렘 크리스탈을 파괴하지 않으면 결코 사랑스러운 스톤 아나콘다를 파괴할 수 없다.

"그래. 너는 잠자코 나의 아이에게 짓밟히면 되는 거야. 우리 예쁜이. 놈의 목숨만 붙여놔. 손발은 잘라도 좋아. 나와 짝짓기만 할 수 있으면 돼."

그러자 한주혁이 씨익 웃었다.

"그런데 내가 몬스터 핵이라는 걸 어떻게 알았을까?"

한주혁의 시선은, 새삼스레 절대악의 능력에 감탄하고 있던 3층성을 향하고 있었다.

시리아는 거기서 이상함을 느꼈다.

'웅?'

그러고 보니.

'저놈이 어떻게 몬스터 핵에 대해서 알지?'

나는 말한 적이 없는데. 골렘에 대해 이미 알고 있는 것일까. 아냐. 인간이 골렘을 알고 있을 리 없잖아.

한주혁이 3층성을 쳐다봤다.

"아이템 전송. 내 인벤토리로 가능하죠?"

"무, 물론입니다."

하마터면 물론입니다, 형님하고 말할 뻔했다. 아직 그건 3층성이 마지막 자존심이다. 저도 모르게 '형님' 하고 말하는 건 어쩔 수 없다 치더라도 지금은 아니었다. 그래도 그는 직감했다. 언젠가.

시간이 조금 더 지나면 자신도 루펜달처럼 절대악을 형님으로 모시게 되는 날이 올 것 같다고. 이미 마음속으로는 굴복한 상태다.

-아이템 전송을 시작합니다.

-전송 대상 아이템은 '몬스터 핵'입니다.

한주혁은 어깨를 으쓱했다. 조금 답답하기는 했다. 루펜달은 정말 빠릿빠릿하게, 말하지 않아도 알아서 움직이는 센스쟁이였었다. 3충성은 그에 반해 좀 둔하기는 했다. 그래도 못봐줄 정도는 아니었다.

'그 와중에 나름대로 아이템 콜렉팅도 잘했지.'

몇 분 전.

한세아와 꼬꼬가 죽음의 비명을 지르고 있던 그 시점에 루펜달과 3충성은 비교적 멀쩡했었다.

그들이 떨어지는 감각에 아무런 영향을 받지 않아서라기보다는 한주혁이 귓말로 명령을 내렸기 때문이었다.

이런 명령이었다.

-중간중간 광역탐지에 걸리는 보석 형태의 무언가가 있습니다. 그걸 어떻게든 모으세요.

그 명령에 3충성은 기회가 왔다고 생각했다.

'뭔가를 보여줄 수 있는 좋은 기회다!'

3충성은 매지컬 콜렉터로서 활약을 한 적이 거의 없다. 그래서 바짝 긴장했다. 이번에야말로. 매지컬 콜렉터로서의 입지를 굳혀야 했다.

물론 약간의 방해도 있기는 있었다.

-이 허접한 놈아! 나도 느껴지는데 네가 못 느끼냐! 빨리 콜렉팅을 하란 말이야! 아니 아니! 그쪽이 아니라! 저쪽부터 마

나를 뽑아야지! 그래! 일에도 순서가 있는 거다, 이 멍청한 쫄보 자식아! 이래서 위대한 매지컬 콜렉터로서, 형님께 내조할 수 있겠냐!

루펜달이 이래서 내조할 수 있겠냐고 외쳐대는데, 하마터면 귓말을 거부할 뻔했다.

하여튼 그는 루펜달의 잔소리와 한주혁의 명령을 벗 삼아 '아이템 콜렉팅'을 사용해 '몬스터 핵'이라는 아이템을 얻을 수 있었다.

'이건 어디다 쓰는 거지?'

몬스터 스톤이라면 팔아서 돈이라도 될 텐데. 몬스터 핵. 이건 어디다 쓰는 건지 모르겠다.

'향후 던전 클리어에 도움이 되려나?'

인터넷 논객 3충성은 그 나름대로 분석을 해봤었다. 아마도 던전 클리어에 어떤 도움이 되리라 생각하는 중이다.

'그러지 않고서야 던전 오프닝이 이렇게 길 리는 없잖아?'

보통 던전에 들어가는 데에는 짧은 로딩시간이 필요하다. 그 로딩이 끝나면 바로 던전인 경우가 많다. 이번 루프라 던전. 그러니까 밑으로 떨어지는 그 과정이 이렇게 길어지고 오래된 것은 특이한 형태라는 소리다.

'여기서 이걸 얻는 것부터가 이미 던전의 시작이었을지도 몰라.'

그러니까 루프라 던전의 입구가 굳이 이렇게 긴 시간을 할애한 것 아니겠는가.

3층성이 귓말을 보냈다.

-몬스터 핵이라는 것을 얻었습니다. 상세설명을 살펴보니 골렘의 핵이라고 되어 있는데 어디다 쓰는 물건인지는 모르겠습니다.

-일단 가지고 있어요.

그렇게 몬스터 핵을 3개 획득한 이후에 요정 시리아를 만나게 됐다. 그 시리아는 지금 기겁하고 있는 상태고.

"왜? 이거 부수면 저 아나콘다인지 나발인지. 저것도 박살 나는 거겠네?"

"그, 그만둬!"

천장에 붙어 있던 시리아가 쿵! 하고 땅으로 떨어져 내렸다. 한주혁을 향해 빠르게 기어왔다. 3층성은 순간 긴장했다. 마치 공격하려는 것처럼 보였으니까. 하지만 시리아의 반응은 의외였다.

"제발! 제발 저 아이만큼은 괴롭히지 말아줘."

반인반사. 반은 인간의 형태. 반은 뱀의 형태. 시리아가 한주혁의 바짓가랑이를 붙잡았다. 눈물이 뚝뚝 떨어져 내렸는데, 그 눈물이 땅으로 떨어져 돌이 되었다.

"내가 왜? 너도 나 괴롭혔잖아?"

"내가 사과할게. 저 아이만큼은 절대 안 돼. 제발. 제발 부탁이야. 시키는 것은 뭐든지 다 할게. 제발. 제발."

"그럼 질문을 몇 개 하겠어."

한주혁은 시리아를 일부러 쉽게 끝내지 않았다. 처음 보았던 동산 형태의 필드가 사실은 눈속임에 불과하다는 것을 어렴풋이 알고 있었기 때문이다.

결국 이 동굴이 시리아의 본진이나 다름없는 곳이라는 얘기. 그런데 이곳의 주인은 시리아가 아니다. 거기서 한주혁은 힌트를 얻을 수 있었다.

한주혁은, 남들은 그냥 쉽게 지나칠 수도 있는 세 가지 사실에 주목했다.

1) 처음 떨어지는 그 시점에서 이곳의 주인은 '질투의 여신 쿠로스'라는 사실을 굳이 다시 한번 확인했다.

2) 따라서 달빛의 요정 시리아는 이곳의 주인이 결코 아니다.

3) 주인이 아닌 것치고는 너무나 다양한 능력과 힘을, 던전으로부터 공급받고 있다.

주인이 아니다. 보스도 아니다. 그런데도 필드를 뒤바꾸며 성을 소환해 내고 뱀 떼와 해골군단을 소환하는 특수 능력까지 가졌다. 거기에 핵을 파괴하지 않으면 사살하는 것이 불가능한 특수 몬스터까지 불러냈다.

'일반 몬스터가 절대 아니라는 소리지.'

결국 루프라 던전의 주인. '질투의 여신 쿠로스'에게 가기 위해서는 이 시리아가 굉장히 중요한 역할을 하는 키를 가졌을 확률이 매우 높다는 뜻이다.

그래서 일부러 시간을 끌면서 안 죽였다. 루펜달의 강제 로 그아웃 타이밍을 계산하면서 시리아의 모든 힘을 끌어내도록, 일부러 상황을 유도했다.

"내가 저놈을 살려주면 넌 나한테 뭘 해줄 수 있지?"

"뭐든지. 뭐든지 다 할게."

"내가 이곳을 무난하게 클리어하기 위해서는 뭐가 필요한데?"

어디선가 백사 한 마리가 기어왔다. 백사의 입에는 열쇠 하나가 들려 있었다.

'그렇지.'

역시 시리아를 그냥 무턱대고 패기만 했으면 안 됐던 것 같다. 성좌 퀘스트 던전이 그렇게 단순하게 힘으로만 해결할 수 있는 던전이 아니라는 것을 다시 한번 느꼈다.

"이거. 이것이 있으면 쿠로스 님의 신전으로 들어갈 수 있어."

열쇠를 받아보니 이름부터가 '쿠로스의 열쇠'였다. 쿠로스 신전으로 가는 길을 열어준다는 설명이 붙어 있었다. 이것이 클리어 아이템 중 하나인 것 같았다.

한주혁이 짐짓 인상을 찡그렸다.

"뭐야? 겨우 이것뿐이냐?"

"아, 아, 아냐!"

3충성은 거기서 보고 말았다.

'절대악…… 지금 웃은 거 같은데?'

아닌가?

'내 착각이었나?'

이상했다. 방금 분명 웃은 것 같다. 결코 세계의 영웅답지 않은, 다른 모습으로 웃은 것 같다. 너무나 짧은 시간이라 제대로 보지 못했지만 그는 그렇게 느꼈다.

'이거 잘못 걸리면…… 진짜 주옥될 거 같다.'

뭐랄까. 조금 느꼈다. 세상 사람들은 절대악을 절대선으로 알고 있다. 세계의 절대적인 영웅으로 추앙하고 있다. 그런데 그건 좀 아닌 거 같다라는 느낌이 강하게 들었다. 방금 진짜 사악한 느낌을 받았다. 아직 긴가민가한 상태긴 했지만.

"저, 저 계집년들을 원래대로 돌려놓을게."

한주혁이 주먹을 뻗었다. 구마도스의 장갑이 스톤 아나콘다의 몸체 하나를 박살 냈다.

"계집년? 말 똑바로 안 하냐?"

시리아의 눈에서 눈물이 계속해서 뚝뚝 떨어져 내렸다.

"잘못했어. 정말 잘못했어."

그러는 사이, 천세송과 한세아가 정신을 차렸다. 천세송을 향해 마법을 난사하려던 한세아가 황급히 마법을 취소했다.

"뭐야? 무슨 일이 일어나고 있는 거야?"

전혀 기억이 나지 않았다. 방금까지 뭔가를 한 것처럼, 몸이 격렬하게 움직였던 것 같기는 했다. 하지만 아무것도 기억이 나지 않았다.

그건 천세송도 마찬가지였다.

"언니?"

마치 꿈을 꾼 것 같았다. 뭐가 있기는 있던 것 같은데. 기억이 안 난다. 그때, 한주혁의 귓말이 들렸다.

-세아. 루펜달 살려. 곧 강제 로그아웃될 거야.

그 말에 일단 한세아는 루펜달을 부활시켰다. 루펜달이 왜 죽어 있는지에 대하여 의문을 가지기도 전에, 한세아는 볼 수 있었다.

'아. 저 오빠.'

3충성은 긴가민가했지만, 한세아는 아니다. 한세아는 확실히 알고 있다.

'또 사악해졌네.'

지금 겉으로는 인상을 쓰고 있지만 속으로는 웃고 있다. 친동생이라서 잘 안다. 저 표정. 저 몸짓. 저 아우라. 이 세상 그 누구보다 사악한 기운이다. 지금 저 오빠. 사악하게 웃고 있는 것이 틀림없었다.

'이것들은 또 뭐야?'

반나체의 뱀여자가 오빠의 바짓가랑이를 붙잡고 엉엉대며 울고 있다.

'가슴은 또 뭐 저렇게 커?'

그냥 몬스터는 아닌 것 같은데. 또 저 엄청나게 커다란 돌로 만들어진 뱀은 또 뭐고.

'도대체 무슨 일이 일어났던 거지?'

이유는 모르겠지만 오빠는 저 뱀여자를 붙잡고 또다시 협박을 하고 있었다.

"진심으로 이게 끝이라고 생각하는 거야? 겨우 이것밖에 안 줘? 진짜 저거 부숴 버린다?"

한세아가 본 한주혁은 오른손에 붉은색 보석 하나를 들고 있었다. 그러자 저 뱀여자가 발작하며 '그것만은 절대 안 돼!'라면서 외쳐대고 있었다.

기억이 사라진 상태로, 제삼자의 입장에서 살펴보자 아무리 봐도 악당은 오빠 같았다.

"다, 다, 다 줄게!"

백사가 또다시 입에 무언가를 들고 왔다. 하나의 책이었다. 마법사인 한세아는 저것이 무엇인지 알 수 있었다.

'마법서다!'

오빠와 다니기 전까지는 상상하지 못했다. 보스 몬스터(한세아는 시리아가 보스 몬스터인지 아닌지는 모른다. 다만 한세아에게 있어서 보스몹이든 아니든 그건 중요하지 않았다. 어차피 오빠 앞에서는 약하니까)에게 삥을 뜯는 플레이어를 말이다.

'오빠가 SNS를 했다면……'

'#보스몹 #삥 뜯기 #성공적'과 같은, 일반인들 입장에서는 이해가 불가능한 해시태그를 붙였을지도 모를 일이다.

어쨌든 한주혁은 마법서까지 얻고 나서야 만족한 듯 웃었다.

'이야. 이건 세아 주면 되겠네.'

기분이 무척 좋아졌다. 무려 레전드급 마법서가 주어졌다. 역시 지능이 있는 몬스터는 이래서 좋다. 삥 뜯기가 가능하니까. 세아에게 주면 굉장히 유용할 것 같다.

'음.'

시리아를 죽일까, 말까를 한참 고민했다.

'키를 가진 키 몬스터인데.'

단순한 몬스터가 아니다. 죽이기에 약간 찜찜한 구석이 있기는 했다.

'달빛의 요정…… 이라는 키워드가 걸리네.'

달빛 피리, 달빛 하모니카에도 '달빛'이라는 키워드가 있었고 설명에도 마찬가지였다.

'그냥 죽이기에는 찜찜해.'

아직은 모르겠지만 뭔가 있을 것 같다는 느낌이 들었다. 일단 살려두기로 했다.

부활한 루펜달은 고개를 갸웃했다. 그녀 역시 뭔가 꿈을 꾼 것 같은 이상한 기분이 들었다. 하지만 그녀는 금방 정신을 차렸다.

-이 3층성! 쓸모없는 자식아! 너는 도대체 내조를 어떻게 하는 것이냐!

3층성은 따지고 싶었다. 내가 왜 내조를 해야 하냐. 따지고 싶었지만 그럴 수 없었다. 매지컬 콜렉터는 연봉이 매우 높은 꿀직장이었으니까.

-예예. 갑니다. 가요.

-매지컬 콜렉터는 눈에 보이는 모든 것을 쓸어 담는 클래스다! 개중 한 개만이라도 형님께 도움이 된다면 좋은 것이란 마인드로 내조해야 하는 것이다!

-아이씨. 알았다고! 이오빠가내오빠다새끼야!

결국 3층성은 루펜달의 등쌀에 못 이겨 바닥에 굴러다니는 돌들. 다시 말해 '시리아의 눈물'들을 인벤토리에 넣어놨다.

같은 시각. 한주혁은 동굴 벽면에서 하나의 틈을 발견할 수 있었다.

"여기에 열쇠를 넣고 돌리는 거냐?"

"마, 맞아. 거기야. 정확해. 그러면 쿠로스 님의 신전으로 가는 길이 열릴 거야."

한주혁이 벽면에 열쇠를 꽂고 돌렸을 때. 필드가 변했다. 필드가 변했을 때. 한주혁은 확신할 수 있었다.

'내가 제대로 클리어한 게 맞구나.'

그리고 한세아에게 말했다.

"루나. 네 차례다."

"으, 응? 뭐가?"

한세아가 주위를 둘러봤을 때. 그녀는 오빠가 한 말이 무슨 뜻인지 깨달을 수 있었다.

"아……!"

5장
신급 보스 몬스터?

한세아는 주변을 둘러봤다.

'저게 뭐지?'

처음 보는 몬스터들이 상당히 많이 보였다. 처음에는 석상들이었다. 돌로 만들어진 기둥 위에 어찌 보면 새에 가까운 형태의 석상들이 있었는데, 그 석상들이 점점 붉은색으로 변해갔다.

-쿠로스 신전을 지키는 문지기들이 잠에서 깨어나기 시작합니다.

-쿠로스 신전을 지키는 문지기들이 침입자들을 반기지 않습니다.

현재는 공격할 수 없는 공격 불가 상태.

'여기가 신전?'

이곳의 어디를 봐서 신전이라고 할 수 있는 건지는 모르겠다. 굉장히 넓은 평야 같았다. 다만 바닥이 대리석인 평야.

'지평선이 보일 정도로 넓어.'

설마 이 안이 신전 속이라는 얘기인가.

'아.'

지형을 파악해 보니.

'체스판 같은 느낌이네.'

검고 하얀 대리석들이 네모난 형태로 일정한 크기, 일정한 간격으로 체스판처럼 나뉘어 있었다.

쿠구궁-!

약간의 진동과 함께 여기저기서 석상들이 솟아오르기 시작했다.

-쿠로스의 문지기들이 기상합니다.
-쿠로스의 문지기들이 움직이기 시작합니다.

마침내 하나의 '쿠로스의 문지기'가 완전한 모습을 드러냈다.

'몬스터 설명은……'

이름은 공개되어 있었다.

'가고일?'

가고일이라는 이름의 몬스터였다.

전체적으로 붉은색을 띠고 있는 몬스터. 둥그런 형태의 몸에 네 개의 발과 두 개의 팔이 달려 있었는데, 발은 기이하게 컸고 팔은 굉장히 짧았다. 팔은 거의 흔적만 남아 있는 정도.

'날개는 불꽃 속성이고.'

꼬꼬와 비슷한 속성을 가진 것 같았다. 날개 부분은 불꽃으로 이루어져 있었다. 붉은색 불꽃이 활활 타올랐다.

'얼굴은 엄청 무섭게 생겼네.'

언젠가 놀이동산에 있는 귀신의 집과 같은 곳에서 봤을 법한 괴상한 얼굴이었다.

굳이 비유하자면 도깨비에 가까운 모습. 입은 양옆으로 쭉 찢어져 있었고 콧구멍이 유난히 컸다. 눈알은 앞으로 쏟아질 정도로 돌출되어 있었는데 눈동자가 마치 뱀 같았다. 아까 봤었던 시리아의 눈동자와 비슷한 황금색이었다.

-가고일들이 흥분하기 시작합니다.
-쿠로스의 신전에 입장하기 위해서는 특별한 조건을 만족하여야 합니다.

던전에서 퀘스트가 주어졌다.

-퀘스트. '쿠로스 신전의 문지기들을 다시 잠재워라!' 발동되었

습니다.

한주혁. 천세송. 한세아. 루펜달에게 전부 같은 알림이 들려왔다. 동시 퀘스트이자 던전 클리어 퀘스트.

<쿠로스 신전의 문지기들을 다시 잠재워라!>
쿠로스 신전의 문지기들이 눈을 떴습니다. 이곳은 질투의 여신 쿠로스의 힘이 강력하게 작용하고 있는 쿠로스 신전의 문턱입니다.
쿠로스 신전은 문지기들이 기상한 시점에서 끝없이 팽창하는 특수한 설정을 가진 신전입니다. 플레이어들은 쿠로스 신전의 문지기인 가고일을 어서 잠재워야 합니다. 가고일을 잠재우기 위해서는 특별한 규칙과 방법을 찾아야만 합니다.
보상: 쿠로스 신전 입장 자격
+상세설명

한주혁은 곧바로 상세설명을 열어봤다.

<상세설명>
1) '잠재운다'의 의미는 돌로 되돌리는 것을 뜻합니다.
2) 가고일을 단 한 기라도 파괴하면 쿠로스 신전에 입장할 수 없습니다.

3) 가고일은 '쿠로스 신전의 문턱'을 이루는 핵심적인 요소입니다. 가고일이 파괴되면 '쿠로스 신전의 문턱' 필드는 한없이 팽창합니다.

4) 한없이 팽창한 필드는 플레이어의 자력으로는 탈출할 수 없는 특수한 세계로 변질됩니다.

거기서 한주혁이 확신을 얻었다. 아. 내가 진짜 잘하고 있구나. 시나리오를 따라서 아주 잘 가고 있구나. 더 직설적으로 말하자면.

'삥을 제대로 뜯었구나.'

라는 확신을 얻었다.

-세아. 마법 사용해.

한세아는 한주혁으로부터 마법서를 하나 받아 들었다.

'마법서?'

아까 시리아가 백사를 통해 가지고 왔던 마법서.

-이게 뭐야?

-슬슬 안전지대 풀린다. 퀘스트 시작이야. 얼른 살펴봐.

살펴보니.

'석화?'

석화 마법이었다.

'레전드급?'

레전드급 마법서 자체는 처음 본다. 원래 마법서 자체가 희

귀한 아이템 아닌가.

'레전드급 마법서?'

그런데 성좌 전용이다.

'성좌 중에서도…… 마도사 계열 클래스만이 가능하다고?'

마법에 치중하고 있는 클래스만이 익힐 수 있는 특수한 단서가 붙어 있는 레전드급 스킬이었다. 특수한 단서가 붙어 있다는 건, 그만큼 조건을 만족시키기 까다롭지만 일단 만족시키고 나면 강력한 힘을 발휘한다는 뜻이기도 했다.

한주혁이 씨익 웃었다.

-퀘스트 상세설명 살펴봤지?

-으, 응.

보기는 봤다.

'와. 진짜 대박이다.'

저 오빠는 진짜 뭘 하든 상상초월인 거 같다. 한세아도 씨익 웃었다.

-그러니까. 모로 가도 서울만 가면 된다는 거지?

-그렇지.

상세설명을 살펴보면 '가고일'을 원래대로. 그러니까 '석상'으로 돌려놔야 한다고 했다. 그러면 쿠로스 신전의 입장 자격이 생긴다고 했다.

원래는 특별한 조건이나 규칙을 찾아내야만 했다. 지금 이 순간 3층성은 그 특별한 조건과 규칙이 어떤 것인지 열심히 눈알을 굴리며 생각하고 있었다.

'나는 인터넷 논객.'

루펜달과는 다르다.

'한낱 펫 취급을 받을 수는 없다.'

아까도 얼마나 서러웠던가.

'이번에야말로 나의 냉철한 분석력을 발휘할 때다.'

절대악의 능력에 비하면 정말 보잘것없었지만, 그래도 그는 그가 있는 자리에서 최선을 다하고 싶었다. 도움이 되고 싶었다.

'이러한 특수 조건, 특수 환경에서는 머리 좋은 놈이 장땡이지.'

눈에 보이는 것은 체스판 같은 필드. 눈을 뜬 가고일들.

'몇몇 가고일들은 하늘로 날아오르고 있고.'

또 몇몇은 이쪽을 향해 으르렁대고 있다. 또 몇몇은 제자리에서 날갯짓을 하고 있다. 몇몇은 숨을 크게 들이마시고 있는데 마치 불꽃을 내뿜을 것 같았다.

'단서. 단서를 찾아야 한다.'

절대악보다 더 빠르게 찾아내서 적용할 수만 있다면, 그러면 저 재수 없는 루펜달 자식도 나를 더 이상 무시할 수는 없겠지.

그때. 한주혁이 조용히 읊조렸다. 한세아에게 신호를 준 거다.

"악의 독려."

-스킬. 악의 독려를 사용합니다.

한세아는 자신감을 얻었다. 바닥에서 솟아오르고 있는 가고일들의 어마어마한 숫자를 보면서도 기죽지 않았다.

그녀는 그녀의 닉네임을 떠올렸다.

'이 오빠가 내 오빠다!'

저 오빠가 악의 독려를 사용해 줬다. 그녀는 성좌이면서 절대악의 편에 선 성좌다. 잿빛 마도사다. 누군가에게는 어중이 떠중이. 반쪽짜리 성좌라고 보일 수 있지만, 이쪽의 능력도 쓸 수 있고 저쪽의 능력도 쓸 수 있다.

-'악의 독려'가 플레이어의 신체 능력을 대폭 강화합니다.

-레전더리 마법서 '석화'를 사용하시겠습니까?

-한 번 사용한 마법서는 되돌릴 수 없습니다.

-레전더리 마법서 '석화'를 사용합니다.

한세아는 석화를 익혔다. 몇몇 조건을 확인하는 알림이 들려왔다. 그 모든 조건을, 한세아는 만족시켰다.

-스킬. '석화'를 익히는 데에 성공하였습니다.

-클래스와의 상성이 매우 뛰어난 스킬입니다.

-스킬. '석화'의 쿨타임이 사라집니다.

거기에 더해.

-'악의 독려' 버프를 확인합니다.

-'악의 독려'와 '클래스와의 상성' 조건이 합산되어 '석화'가 일시적으로 '광역 석화/집중 석화'로 상향 조정됩니다.

한세아에게 정보가 밀려들었다.

'좋아.'

역시 악의 독려다. 뭐니 뭐니 해도 오빠 옆에 있는 게 최고다.

-스킬. 광역 석화를 선택하였습니다.

보아하니 광역 석화는 말 그대로 광역기. 그리고 집중 석화는 하나의 개체에 작용하는 특별한 석화 마법인 것 같았다.

-스킬. 광역 석화를 사용합니다.

한세아가 마나를 끌어올렸다. 쿨타임이 없는, 미친 듯한 난사가 가능한 광역 석화가 뿜어져 나왔다.

그뿐이랴.

"일어나라. 죽음의 병사여."

악의 독려는 한세아에게만 도움을 주는 스킬이 아니다. 오히려 한세아보다 앱솔루트 네크로맨서인 천세송. 그리고 그녀의 권속에게 더 강력한 힘을 발휘한다.

기르카투가 모습을 드러냈다. 거대한 뱀의 형태의 언데드. 기르카투에게도 강력한 석화 능력이 있지 않았던가.

순간 천세송에게 의문이 생겼다.

'기르카투도 뱀의 형태. 시리아도 뱀의 형태. 둘 다 석화라는 공통 키워드로 묶이네?'

이게 우연일까? 아니면 어떤 연관이 있는 걸까?

어쨌든 기르카투의 석화 능력과 한세아의 '광역 석화'가 악의 독려의 힘을 얻어 필드 전체로 뿜어져 나갔다. 이 필드에 숨겨져 있는 힘과 규칙을 찾기 위해 머리를 열심히 굴리던 3충성은 망치로 머리를 한 대 얻어맞은 것 같은 기분에 사로잡혔다.

'뭐야?'

지금 규칙과 특수한 조건 따위는 무시하겠다는 건가?

'이, 이런 식으로……?'

7번 성좌에게 언제 저런 말도 안 되는 광역 석화 스킬이 있었지?

대중에게는 단 한 번도 선보인 적이 없었는데. 저 유명한 언데드인 기르카투야 이미 예전에 봤다 치더라도.

'엄청나다.'

눈이 마법의 속도를 따라가지 못했다. 마치 이곳 전체가 석화가 되어버리는 공기로 가득 차 있는 것 같았다.

눈으로 따라가지도 못할 정도의 엄청난 속도로, 수많은 가고일들이 다시 돌로 돌아가 버렸다.

'아, 아니. 그래도 이런 식으로 클리어가 가능할 수 있을 리 없다!'

적어도 3충성의 시선과 상식으로는 그랬다.

'그래. 이건 시간을 끌기 위한 일종의 편법이겠지.'

인터넷 논객의 논리와 이성으로는 이런 식의 클리어가 불가능했다. 이러라고 만들어 놓은 던전이 아닐 거다.

'찾자. 찾아내는 거다. 분명 눈에 보이지 않는 어떠한 키가 숨겨져 있을 것이다.'

찾아내서. 자신의 가치를 증명해 보이기로 했다. 분명히 방법이 있을 것이다. 클리어 방법이 없는 던전은, 그가 알기로는 없었다.

그 순간에도 수많은 가고일들이 돌로 돌아갔다.

'이 방법으로 진정한 클리어는 불가능해. 올림푸스의 전지전능한 신. 제우스가 이렇게 허술할 리 없잖은……'

-퀘스트. '쿠로스 신전의 문지기들을 다시 잠재워라!'가 클리어 되었습니다.

3충성은 황당해서 주저앉을 뻔했다.

'이게 된다고?'

이딴 식의 클리어는 처음 본다. 아니, 조건이 맞기는 맞다.

어쨌거나 돌로 되돌렸으면 된 거 아닌가.

'진짜야?'

뭐 이딴 게 다 있나 싶다. 그는 저도 모르게. 자신의 의지와
는 전혀 상관없이 두 마디의 말을 떠올렸다.

'헐렐루야. 형…… 멘.'

한주혁이 어깨를 으쓱했다.

"쉽네."

천세송과 한세아가 몇 마디 더 보탰다.

"그러게요. 별로 어렵지 않았어요. 다 오빠가 도와준 덕분이
에요."

"맞아. 나 처음 써보는 마법인데 M/P도 안 딸리고 완전 쉬
웠어. 난이도 최하야."

3충성은 아무 말도 하지 못했다. 그래. 이 파티에 익숙해지
자. 절대악 파티는 뭔가 좀 많이 이상한 파티다. 왠지. 나만 정
상인 거 같다.

루펜달이 일단 다 모르겠고 헐렐루야 형멘을 외치는 이유
를 조금은 알 것 같았다.

-'쿠로스 신전 입장 자격'을 획득하였습니다.
-'쿠로스 신전'에 입장하시겠습니까?

한주혁이 고개를 끄덕였다. 필드의 색깔이 변했다. 황금색

으로 변했다.

전체적인 형상 자체는 변하지 않았다. 대리석 대신 황금 바닥으로 변했다는 것이 달라졌을 뿐. 가고일들은 완전히 사라졌다.

목소리가 들려왔다.

"어서 오너라. 나의 이름을 부른 아이야. 나의 신전을 찾아온 인간의 아이는 처음이로구나."

모습은 보이지 않았다. 한주혁은 긴장의 끈을 풀지 않았다. 방금은 정말 쉬웠다. 아까 얻었던 마법서가 있었기 때문이다.

시리아를 협박하여 좋은 물건을 제대로 얻어낸 덕분에, 적재적소에 제대로 활용할 수 있었다.

'설명에 따르자면.'

쿠로스는 일단 '신'이라는 명칭이 붙어 있다. 질투의 여신이라고 했다.

'말하자면……'

처음 겪게 되는.

'신급 보스 몬스터라는 얘기겠지.'

과연 어떨지. 정말로 그 이름에 합당할 정도인지. 과연 신급 보스 몬스터가 맞는지. 부딪쳐 보기로 했다.

주변이 밝아왔다. 마치 아침의 해가 떠오르듯, 희뿌연 물안개가 피어오르듯, 빛이 차올랐다. 빛으로 이루어진 안개가 있다면 이런 느낌이 아닐까 싶었다.

태양의 형체는 보이지 않았지만 황금색 햇살이 공간에 가득

흩뿌려졌다. 눈이 부실 정도였다. 격자무늬의 황금색 바닥이 그 빛을 만나 반짝거리기 시작했다.

한주혁의 심안에 무엇인가가 잡혔다.

'하늘.'

고개를 올려다봤다. 인간의 형상을 하고 있는 무엇인가가 하늘로부터 천천히 내려오고 있었다.

-'질투의 여신 쿠로스'가 강림합니다.

신급 보스 몬스터가 맞는 건가.

'강림이라는 말은 처음 듣는데.'

몬스터가 나타나는데 강림한다는 알림을 들었다. 진짜 신급 몬스터인가. 아니, 신급 정도 되면 몬스터라고 할 수 있는 건가.

"척 보니 알겠구나. 네가 내 이름을 불렀구나."

여자였다. 황금빛 햇살과 어우러지는 밝은 갈색의 머리카락을 허리까지 길게 늘어뜨린 그녀는 나체에 가까웠다. 긴 머리카락이 교묘하게 여기저기를 가리고 있었다.

"다만 틀린 점이 있단다."

목소리는 봄바람처럼 부드러웠다. 듣고 있노라면 편안해지는 목소리. 언젠가 새벽 밤 라디오에서 들었던 차분하고 진정된 목소리였다.

"나는 질투의 여신이 아니라 아름다움의 여신이란다."

얼굴이 제대로 보이지 않았다. 얼굴에서 빛이 나고 있는 것 같은 착각이 들었다. 얼굴 자체가 발광체인 것 같은 느낌. 마치 역광을 받고 있는 것 같았다.

"나의 신전에 온 것을 환영한단다."

한주혁은 긴장의 끈을 풀지 않았다. 정말 만에 하나의 가능성을 위하여 다시 한번 '달빛 하모니카'와 '달빛 피리' 상세설명을 훑었다.

'아니.'

스스로를 아름다움의 여신이라 주장하는 몬스터(아직까지 몬스터인지는 모르겠지만)는 분명 '질투의 여신'이 맞았다. 시스템 설명상으로는 그랬다.

'아름다운 달빛의 요정 세니아.'

그녀의 이름을 딴 성검 세니아.

'달빛 하모니카는 세니아의 연인인 루폰테가 항시 지니고 다니던 하모니카.'

세니아는 분명 성검이었고 시나리오상 절대악을 처단하는 성스러운 무구에 속하는 아이템이다.

'정상적인…… 신급 몬스터는 아닌 모양이야.'

혹시 공격이 가능한지 살펴봤는데 현재는 공격 불가 대상이었다.

'중요한 건 레이드 대상이냐, 아니냐. 그거겠지.'

레이드 대상일 경우에는 어떻게든 사냥하면 된다. 그러나

레이드 대상이 아닐 경우, 쿠로스를 사냥하는 것이 아닌 어떤 다른 방법을 찾아야 한다.

쿠로스가 웃었다.

"생각이 많은 모양이구나."

마치 어머니의 인자한 미소 같았다. 그러나 한주혁은 거기서 묘한 기시감을 느껴야 했다.

'웃었다는 걸 느꼈어?'

현재 그녀의 얼굴이 보이지 않는다. 어두워서 안 보이는 게 아니라 너무 밝아서 보이지 않는다. 그런데 나는 웃었다는 걸 어떻게 알았지? 그냥 시스템 설정값인가?

'이건 마치……'

뭐랄까.

'나는 인자하고 자애롭다는 것을 강제로 주입하고 있는 것 같다.'

한주혁이 조용히 말했다.

"모두 정신 똑바로 차려. 특히 마리안. 루나. 루펜달."

"……"

마리안. 그러니까 천세송이 아무런 대답도 하지 않았다. 뭔가에 홀리기라도 한 듯 하늘을 쳐다보고 있었다.

천세송이 미약한 감탄성, 아니 감탄보다는 신음에 가까운 소리를 내었다.

"아아……"

한주혁은 거기서 직감했다.

'세아와 루펜달은 비교적…… 괜찮은 상태인데.'

물론 정상은 아니다. 세아 역시 뭔가와 열심히 싸우고 있는 것 같았다. 이마에서는 땀이 삐질삐질 새어 나왔다. 세아보다는 루펜달의 상태가 그나마 괜찮았다.

"형님. 제가 또 이상한 말을 하거나 이상한 짓을 하려고 하면 가차 없이 죽여주십시오."

거기서 알 수 있었다.

'남자보다는 여자에게 더 큰 힘을 발휘하는 마인드 컨트롤 능력.'

그리고 성좌에 가까울수록 저항력이 더 강한 것 같았다. 다시 말해 악 속성 플레이어에게 더 위험한 능력.

'세송이는 완전히 내 쪽이고 세아는 반쪽이 내 편. 그리고 루펜달은 성좌.'

천세송이 가장 큰 영향을 받고 있고 그다음에 한세아, 그다음이 루펜달이었다.

'나는 위명을 얻게 된 덕분인가? 아니면 심공 덕분인가? 그도 아니면 남자여서 그런가?'

어쩌면 셋 다일 수도 있다. 묘한 기시감과 이상한 느낌, 생각을 억지로 주입하는 것 같은 괴상한 기분이 들 뿐, 크게 문제는 없었다.

쿠로스가 또다시 인자하게 말했다.

"재미있는 아이구나. 사악한 힘을 가지고 있는데 나를 똑바로 쳐다볼 수 있다니."

"……."

"애석하구나. 제 발로 찾아온 인간이…… 아이처럼 나쁜 기운을 가지고 있다니. 게다가 끔찍한 물건들까지 지니고 있구나."

한주혁이 뭔가를 느꼈다. 인벤토리. 제3의 공간인 그곳에 들어 있는 '달빛 피리'와 '달빛 하모니카'가 바르르 떨었다.

'인벤토리에 영향을 끼쳐?'

인벤토리에 영향을 끼칠 수 있는 건 특수한 클래스. 이를테면 '도적'처럼 물건을 훔칠 수 있는 플레이어나 NPC뿐인데.

'도적 클래스가 아닌데 인벤토리에 영향을 끼치다니.'

과연. 아무 능력도 없는 몬스터는 아닌 모양이었다. 한주혁이 말했다.

"애네들한테 무슨 짓이라도 했다가는 별로 좋지 못한 꼴을 당하게 될 거야. 질투의 여신."

쿠로스는 오른손으로 얼굴을 가렸다. 그리고 다시 웃었다.

"아이야. 지금 네가 무슨 말을 하는지 알고 있는 거니?"

여전히 쿠로스는 공격 불가 대상. 공격하려고 하면 이러한 알림이 들려왔다.

-쿠로스의 신전은 특수한 필드입니다.

-특수한 마나가 필드에 작용하고 있습니다.

-특수한 마나가 질투의 여신 쿠로스를 보호합니다.

-공격할 수 없습니다.

케르핀의 낙서장을 사용할까도 생각해 봤지만 그건 잠시 묵혀두기로 했다. 언제까지고 케르핀의 낙서장에만 의지할 수는 없는 노릇이니까.

"아이야. 너도 내 아름다움에 취하지 않아 보겠니?"

순간, 한주혁은 자신의 심장이 쿵! 어디론가 떨어져 내리는 것 같은 느낌을 받아야만 했다.

이런 느낌, 많이 받아봤다. 천세송과 단둘이 침대에 있을 때. 천세송의 얼굴을 보거나 손이 닿았을 때. 그럴 때 이런 느낌이 들었다. 지금 당장에라도 어떻게 하고 싶은, 충동을 억제하지 못할 것만 같은 그런 느낌.

천세송의 목소리가 들려왔다.

"오빠. 지금 누구 봐요?"

한세아의 목소리도 들려왔다.

"나…… 너무 화나. 오빠."

한주혁은 이미 대비하고 있었다. 이미 앞선 관문에서 이러한 능력을 경험했다. 질투의 여신이 운영하고 있는 던전다웠다. 아까가 연습이었다면, 이번이 본선 같은 느낌이랄까.

쿠로스가 말했다.

"여인들을 가슴 아프게 하는 건 정말 나쁜 일이야. 아름답지 못한 일이란다."

쿠로스가 오른손을 들어 올렸다. 바람이 일었다.

"화가 많이 나지? 그것은 좋지 못한 감정. 질투란다. 자, 보렴. 아가들아. 저 남자는 나의 아름다움에 미쳐 버렸단다. 내 아름다움에 심취하여 너희들을 더 이상 보지 않는단다. 내 아름다움 때문에. 내가 너무나 아름답기 때문에. 나의 품에 안기고 싶어서 안달이 났단다."

천세송과 한세아가 동시에 한주혁을 쳐다보았다. 마치 이 모든 일의 원수가 한주혁인 것처럼.

쿠로스가 말했다.

"자. 아이들아. 질투가 나지 않으려면. 질투가 나게 만든 남자를 죽여 버리면 된단다."

⸻

신실한 처단자. 다르크는 못내 불안했다.

-저희 정말 안 들키는 것 맞죠?

그 역시 절대악의 말도 안 되는 능력을 알고 있기 때문이다. Siri가 자신 있게 대답했다.

-물론이지. 절대 들키지 않아.

-그래도 영 불안해서…….

Siri와 다르크는 현재 태르민이 전해준 '신급 아이템' 노르칸

테 비늘옷을 입고 있는 상태. 이거면 절대악의 심안에도 걸리지 않을 거라 했다.

다르크가 물었다.

-그런데 저희에게는 별 영향이 없네요. 저 신도 저희의 정체를 알아차리지 못한 걸까요?

-시끄러워. 정신 산만하게 하지 말고 닥치고 있어.

Siri는 필드 한편에 서 있는 상태.

'우리는 왜 아무런 영향이 없지?'

아무래도 이곳의 특수한 마나와 힘이 플레이어들에게 작용하는 것 같은데.

'우리가 성좌이기 때문인가?'

보아하니 성좌들에게는 영향이 좀 덜 가는 것 같기는 한데.

'루펜달. 저놈 역시 성좌일 텐데.'

그러나, 루펜달 역시 저 힘을 영향을 받고 있다.

'절대악의 선에 편 가짜 성좌이기 때문이겠지.'

Siri는 그렇게 판단했다. 진짜 성좌들은 아무래도 쿠로스의 힘에서 자유로운 것 같았다.

'절대악. 어떻게 할 거지?'

상황을 지켜보기로 했다. 어차피 지금 당장 절대악을 칠 수는 없다. 치지도 않을 거다. 지금 둘의 힘으로는 절대악을 이길 수 없으니까.

Siri가 노리는 것은 이곳 보스 몬스터의 시신이다. 신급 보스 몬스터가 튀어나올 줄은 몰랐지만.

'그리고……'

이곳 루프라 던전의 클리어 보상도 필요했다. 12대 초인의 아이템. 더 이상 절대악에게 넘겨줄 수는 없으니까.

그때. 절대악의 목소리가 들려왔다.

"너. 신급이 맞긴 맞냐?"

천세송이 예전부터 습관처럼 하던 말이 있다.

함께 플레이를 하는데, 자신이 방해가 될 것 같으면 가차 없이 죽여달라고 했었다. 게임 속에서는 어차피 죽어도 다시 살아 나니까 괜찮다고 했다. 한주혁도 알겠다고 대답하기는 했는데, 지금 같은 상황에서는 딱히 죽여야 할 필요를 느끼지 못했다.

'특히 여자들에게 큰 힘을 발휘하는 마인드 컨트롤 능력으로 플레이어를 공격하는 특수 공격형 보스 몬스터.'

그런데 그 여자들이 아무리 눈을 까뒤집고 달려들어도 자신에게는 그 어떤 영향력도 행사할 수 없다. 애초에 능력치 차이가 너무 많이 나니까.

좀 강해지기는 했다.

'악의 독려를 받은 세송이와 루나 정도.'

신의 영역. 무려 특수한 마나로 보호받아 공격조차 할 수 없는 대상인 쿠로스가 펼친 것치고는 좀 약한 버프 아닌가.

그리고 한주혁은 하나의 단서에 주목했다. 한주혁이 쿠로스를 공격하려 했을 때 이런 알림을 들었었다.

-쿠로스의 신전은 특수한 필드입니다.
-특수한 마나가 필드에 작용하고 있습니다.
-특수한 마나가 질투의 여신 쿠로스를 보호합니다.
-공격할 수 없습니다.

그래서 공격할 수 없었다.

'특수한 필드와 마나로 보호받는 신급 몬스터?'

그런데 그 말을 달리 생각해 보면.

'그건……'

신 자체의 능력이 강한 것이 아니라 이 특수한 필드와 마나가 강력하다는 얘기 아니겠는가. 특수한 마나가 보호한다고 했으니.

"너. 신급이 맞긴 맞냐?"

안타깝게도 이 여자애들이 아무리 발광을 해도 나한테는 상처 하나 못 입히거든. 비록 네 버프를 받는다고 해도.

'그럼 다른 공격 방법을 찾을 텐데.'

한주혁은 이미 마음속으로 판단을 내린 상태다. 질투의 여신 쿠로스는 공략의 대상. 그러니까 레이드의 대상이다. 잡아야 하는 몬스터.

"신급이 뭐 이렇게 약해?"

"……아이야. 지금 뭐라고 말을 한 거니?"

"질투에 눈이 멀게 하는 것쯤은 좋아. 그런 설정쯤, 괜찮아."

한주혁이 오른손을 앞으로 내밀었다. 잿빛의 마도사 루나가
사용한 공격마법을 맨손으로 받아냈다.

콰과과쾅!

요란한 효과음이 터져 나왔지만 한주혁의 H/P는 꿈쩍도 하
지 않았다.

"아니, 뭐. 보통은 비슷한 능력의 실력자끼리 팀을 짜서 던전
을 플레이하는 게 맞기는 맞지."

보통은 그렇다. 상식적으로 다들 그렇게 플레이한다.

특히 세계 랭커 정도 되면, 그 실력 차이는 종이 한 장 차이
라고 말들 한다. 실력이 크게 차이 나지는 않는다는 얘기다.

"근데 우린 아니거든."

여기는 한 명이 하드캐리하는 구조의 파티다.

"그럼. 분명 뭔가 다른 수를 쓰기는 쓸 텐데."

한주혁이 씨익 웃었다.

"설마 이 공격불가 필드. 특수한 마나의 힘을 믿고 까부는
건 아니지? 그런 거 아니지?"

6장
클리어가 아니었다

"설마 이 공격불가 필드. 특수한 마나의 힘을 믿고 까부는
건 아니지? 그런 거 아니지?"

한주혁은 처음 이 필드에 들어섰을 때부터 이미 느끼고 있
었다.

필드가 아예 달라진 건 아니었다. 속성이 약간 변했을 뿐 아
까 가고일과 상대할 때의 그 필드였다.

그리고 한주혁은 아까의 그 필드. 그러니까 쿠로스 신전 입
구에서 '가고일을 잠재워라' 퀘스트를 완료했다.

지금은 이미 클리어되어 목록에서 사라졌지만 한주혁은 상
세설명에 대한 내용을 정확하게 기억하고 있다.

<상세설명>

1) '잠재운다'의 의미는 돌로 되돌리는 것을 뜻합니다.

2) 가고일을 단 한 기라도 파괴하면 쿠로스 신전에 입장할 수 없습니다.

3) 가고일은 '쿠로스 신전의 문턱'을 이루는 핵심적인 요소입니다. 가고일이 파괴되면 '쿠로스 신전의 문턱' 필드는 한없이 팽창합니다.

4) 한없이 팽창한 필드는 플레이어의 자력으로는 탈출할 수 없는 특수한 세계로 변질됩니다.

여기서 한주혁이 주목한 것은 바로 3번 설명이었다. 가고일은 이 필드를 이루는 핵심적인 요소이다.

"아까까지는 가고일을 파괴하면 안 된다고 했단 말이지."

필드는 같은데.

"필드의 속성이 바뀌었어. 아주 특별한 필드로."

필드를 이루는 핵심 요소는 같은데, 그 핵심 요소가 작용하는 것이 바뀌었다. 아까는 가고일 스스로를 보호하기 위한 장치가 되어 있었다면, 이제는 질투의 여신 쿠로스를 보호하기 위한 필드로 바뀌어 있었다.

"재미있는 건. 파괴되지 않은 가고일들이 이 땅 밑에."

한주혁이 발로 땅을 톡톡 건드렸다.

"그대로 잠들어 있잖아. 왜일까?"

보스 몬스터라 할 수 있는 쿠로스가 등장했는데.

"왜 어째서 특수한 보스 몬스터 필드가 펼쳐지지 않고, 연장선이 이어졌을까?"

3충성은 한주혁의 모습을 놓치지 않고 봤다.

'설마……!'

한주혁의 지금 행동, 땅을 톡톡 건드리는 저 행위. 저 행위도 심리전이라는 확신이 강하게 들었다.

'절대악은 시력은 일반 플레이어들과는 비교조차 할 수 없다.'

아주 작은 미세함까지도 잡아낼 수 있다. 3충성도 절대악의 정확한 능력을 모른다. 다만 JTBN의 손석기가 온갖 촬영기법을 도입하여야만 파악 가능한 것들을, 절대악은 그냥 파악할 수 있다고 어렴풋이 짐작만 하고 있을 뿐이다.

'내 눈에는 보이지 않았지만 쿠로스가 아주 작은 반응이라도 보였다면.'

그랬다면 쿠로스는 절대악의 심리전에 넘어갔을 것이다.

'미치겠군.'

논리적으로 분석하며 상황을 객관적으로 읽는 눈. 상황을 파악하는 눈만큼은 적어도 절대악보다는 자신이 훨씬 더 강하다고 믿고 있었는데, 분명히 그럴 거라고 믿고 있었는데 아니었다. 자신은 우물 안 개구리였다.

우물 안에 있으면 하늘은 겨우 우물 크기밖에 안 된다.

'아…….'

지금은 절대악이 만들어가는 상황을 읽어내기도 벅찼다.

이를테면 아마추어와 프로. 아니, 아마추어도 아닌 신생아와 프로 수준의 격차가 난다고 느꼈다.

'지능이 도대체 몇이야?'

지능 덕분인 건지. 아니면 게임 센스가 탁월한 건지 모르겠다만 절대악의 미소가 더욱 짙어진 것으로 보아, 심리전은 제대로 통한 것 같았다.

"무슨 말을 하는지 모르겠구나. 아이야."

쿠로스의 얼굴에서 한 가닥 빛이 뿜어져 나왔다.

한주혁을 향해 레이저처럼 쏘아진 그것은 아무것도 없는 허공을 지나쳐 바닥에 닿았다.

쩌저적-!

요란한 소리와 함께 돌기둥이 만들어졌다. 높이 약 3미터의 돌기둥.

3충성의 눈으로는 절대악이 피하는 걸 보지도 못했다. 지나고 보니 피했다는 것을 알았을 뿐.

'쿠로스의…… 석화 스킬.'

엄청난 힘을 가졌다는 건 알겠다. 그러나 의미는 없었다. 맞추지 못하면 안 쓴 것과 다름없지 않은가. 신급 보스 몬스터일지도 모를 쿠로스. 그 쿠로스마저도 절대악 앞에서는 어린아이 같다는 생각을 잠깐 했다.

절대악의 목소리가 들려왔다.

"네가 센 게 아니라, 필드가 좋은 거잖아."

절대악의 목소리는 저만치 멀리에서 들려왔다. 약 60미터 이상 떨어져 있었다.

한주혁이 주먹을 들어 올려 땅을 내리쳤다.

쾅쾅광-!

쿠로스의 석화 스킬이 발동되었을 때와는 비교도 되지 않을 정도의 굉음이 터져 나왔다.

3층성의 다리가 후들거렸다.

'맙소사.'

60미터 밖에서 주먹을 휘둘렀는데 진동이 여기까지 느껴진다. 아니. 이걸 애초에 진동이라고 할 수 있나. 지진 아닌가.

'하기야…… 스킬 몇 번에 수십만을 학살하는 괴물인데.'

주먹으로 지진쯤 일으킨다고 해서 뭐 이상할 게 있겠는가.

"아이야. 소용없는 일이로구나."

쿠로스가 하늘을 향해 빛을 쏘아 올렸다. 그 빛은 수백 갈래로 갈라져 마치 소나기가 떨어져 내리듯 땅을 향해 떨어져 내렸다.

한주혁이 방어 스킬을 펼쳤다.

-스킬. 악신의 가호를 사용합니다.

혼자 피한다면 피할 수 있겠지만 그러기엔 지금 제정신이 아닌 파티원들이 마음에 걸렸다.

한주혁도 약간 긴장했다.

'놈의 공격 역시 무시할 정도의 수준은 아냐.'

한주혁 본인에게는 무리가 되지 않지만 팀원들에게는 위험할 수도 있다. 저 석화 스킬이, 만약에라도 풀리지 않는 속성의 것이라면 골치 아파질 수 있다.

절대악이 펼쳐낸 검은빛을 띠는 돔 형태의 방어막과 쿠로스가 뿜어낸 빛다발이 부딪쳤다.

쿠구구구구궁-!

돔 전체가 바르르 떨렸다. 그러나 악신의 가호는 깨지지 않았다. 악신의 가호 바깥에 2미터가 넘는 돌기둥들이 생겨났다. 밖에서 보면 수백 개의, 기둥 형태의 바위가 하늘에서 떨어져 내린 것처럼 보였다.

3충성은 몸을 부르르 떨었다.

"맙소사……."

자신의 머리 바로 위에 거대한 돌덩이가 보였다. 이거 깨지면 죽을 거 같다.

"도대체……. 이 돔은……."

저 돌들의 무게가 어느 정도 될까. 적어도 수천 톤은 될 거 같은데.

'꼼짝도 안 해?'

아예 금도 안 갔다.

'절대악은?'

저 돌덩이들은 사라지는 게 아니었다. 지속시간이 끝나면 사라지는 일반마법과는 달리 계속해서 남아 있었다.

'절대악이라고 해도 이 정도 무게의 돌덩이들을 지탱하려면 마나가 엄청나게 필요할 텐데.'

그래서 절대악을 봤는데.

'응?'

평온했다. 절대악의 입에서 황당한 말이 튀어나왔다.

"뭐야. 괜히 쫄았잖아."

한주혁이 고개를 절레절레 저었다. 최근에 데미안 같은 강자를 만났다 보니 좀 지나치게 겸손했던 거 같다.

"별거 아니구만."

한주혁은 확신했다. 저거. 절대 신급 몬스터가 아니다. 신급이 되고 싶어 발악하는 보스 몬스터 정도 될까.

"아이야. 여유를 부리는 것도 끝이란다. 나는 아직 힘을 꺼내 쓰지도 않았단다."

그와 동시에 쿠로스의 얼굴에서 또다시 빛다발이 튀어나왔다.

"그래. 그러시겠지."

그래 뭐. 맘껏 해봐라.

'신경 꺼야겠다.'

쟤는 특별한 필드에 의하여 도움을 받고 있어서 상대하기 까다로울 뿐. 자신의 상대는 되지 못했다.

3층성은 또다시 기겁했다. 돔 위에 수많은 돌기둥들이 꽂혔

다. 하늘이 꼭 바위로 이루어진 것 같았다. 그러나 3층성은 알
수 있었다.

'돔에는…… 실금 하나 안 가네.'

3층성은 거기서 깨달을 수 있었다.

'빌딩에 사람 좀 많이 들어간다고 무너지지 않듯.'

그런 게 아닐까 싶다. 깨달음을 얻었다.

'오랜 과거의 인간들은 현대의 건축기술을 보면 기겁할 것이
틀림없다. 무너진다고. 붕괴된다고. 이건 악마의 건축물이라
고 주장했을지도 모를 일이다.'

과거의 사람들이 보기에, 현대의 건축물들은 지붕을 지탱하
는 기둥도 턱없이 부족한 데다가 높이도 지나치게 높았으니까.

자신이 딱 그런 꼴 아닌가.

'아……'

이제 좀 알겠다.

"헐렐루야…… 형…… 멘……."

자신은 절대 헐렐루야 형멘을 외치지 않으려 했건만 벌써
두 번이나 그 다짐이 깨졌다.

저도 모르게 나왔다. 이 말, 이 말이 아니면 지금의 상황을
설명할 수가 없다.

"인간의 힘으로는 절대. 절대로 나의 필드에 어떠한 영향도
끼칠 수 없을 것이다."

쿠로스가 자신 있게 말했지만 한주혁은 아랑곳하지 않았

다. 주먹으로는 힘든 감이 조금 있어서 용병왕의 철퇴를 꺼내 들었다.

철퇴로 땅을 내려치자 정말로 지진이라도 난 것 같았다. 거대한 폭탄이 터진 것 같은 폭발음이 터져 나왔다.

그사이 쿠로스의 공격이 이어졌다.

쿠로스의 공격 따위. 그냥 무시해도 된다. 약하다. 자신이 지나치게 센 건지는 몰라도, 어쨌든 강함이란 건 상대적인 거 아닌가.

"내가 너무 겸손했어."

애초에 공격불가 필드이면 모를까. 그게 아니라면 언젠가는 무너지게 마련이다.

"인간의 힘으로는 결코 이……."

결코 이 필드를 어떻게 할 수 없다! 부질없는 발악을 멈추거라, 아이야. 이렇게 말하려던 쿠로스의 몸이 순간 중심을 잃고 하늘에서 떨어져 내렸다.

중심을 잡은 쿠로스가 외쳤다.

"아, 안 돼!"

한주혁이 피식 웃었다.

"돼."

한주혁이 계속해서 내려치자 결국 필드에 금이 가기 시작했다. 한주혁이 유지하고 있는 악신의 가호에 아무런 영향도, 실금 하나 가지 않고 있는 것과는 많이 달랐다.

"이 밑에 가고일들이 아주 잘 느껴져서 말이야."

한주혁이 주먹을 내질렀다.

콰과과광!

황금빛으로 물들어 있던 대리석 필드가 효과음과 함께 사라졌다. 투명한 색으로 변했다. 밑에는 수천 이상의 석상이 잠들어 있었다.

좋다. 눈에 다 보인다.

-스킬. 아수라극천무를 사용합니다.

한주혁의 궁극기. 눈에 보이는 모든 물체를 공격하는 광역기 아수라극천무가 펼쳐졌다.

3충성이 감탄했다.

'저건 절대악의 궁극기.'

보통 일반적인 플레이어는 궁극기 하나 운용하는 것만으로도 벅차다. M/P도 M/P거니와 컨트롤이 저렇게 안 된다.

그런데 절대악은 지금 악신의 가호를 운용하면서 궁극기까지 사용했음에도 별로 힘들어 보이지 않았다.

'애초에 궁극기가 아닌가?'

여유가 많이 남는 궁극기라니.

절대악의 피지컬이 그만큼 사기라는 것을 의미하기도 했다.

'정말…… 미쳤군.'

이쯤 되면 성좌가 불쌍해질 정도다. 저 괴물과 어떻게 싸우지.

어쨌든 한주혁의 시야에 잡힌 가고일들은 전부 파괴되었고 그에 따라 필드의 영향력이 눈에 띄게 감소했다. 한주혁은 또 다른 광역기 악신강림을 사용했다.

쿠로스의 절규가 들려왔다.

"이, 이건 말도 안 된다!"

"다들 그러더라고."

아주 자주 듣는 말이다. 절대악 클래스를 플레이하면서 가장 자주 들었던 말이 아닌가 싶다. 말도 안 된다는 말. 이제 너무 많이 들어서 감흥도 별로 없다.

"루나. 마리안. 정신 차렸으면 남은 석상들 부숴."

그렇게 말한 한주혁은 파천보법을 펼치며 하늘을 향해 날아올랐다. 아이템이 있는 것도 아닌데, 허공을 자유자재로 뛰었다.

쿠로스가 손을 뻗었다. 어느새 그녀의 손은 커다란 뱀으로 변해 있었다.

"소용없다!"

그러나 쿠로스보다 한주혁이 훨씬 빨랐다. 쿠로스가 손을 뻗는 것보다 훨씬 더 빠른 속도로 쿠로스의 뒤를 잡았다.

그 상태 그대로 한주혁이 주먹을 뻗었다. 쿠로스의 뒤통수에 닿았다.

-특수한 필드의 힘이 약화된 상태입니다.

-일정 부분 데미지가 인정됩니다.

이거면 됐다.

'일정 부분이라도 일단 인정은 되는 거잖아?'

쿠로스가 빠르게 워프했다. 데미지가 전부 들어가는 게 아니다 보니. 일단은 살았다.

"뭐 일단 공격이 되면 존나 맞으면 되더라고. 보통."

쿠로스의 워프 속도보다 한주혁의 파천보법이 더 빨랐다. 쿠로스의 얼굴에서 빛이 사라졌다. 쿠로스의 얼굴은 뱀이었다. 인간과 뱀을 반쯤 섞어놓은 것 같은 묘한 모양새.

"이, 이건 말도……!"

쿠과과광!

말도 안 된다는 말을 더 이상 잇지도 못했다. 한주혁이 공중에서 주먹을 뻗었다. 그렇게 몇 번. 추격전 아닌 추격전이 벌어졌다.

3층성은 확인할 수 있었다. 절대악은 자기가 한 말을 절대적으로 지키는 인간이었다.

'정말로……'

절대악의 표현대로.

'그냥 존나 맞네.'

그도 알림을 들었다. 데미지가 일정 부분만 인정된다고. 그런데 일정 부분만 인정되어도 일단 패는 인간이 절대악이다.

'이건 그냥 끝났네.'

절대악의 말이 맞았다.

'그냥 존나 패면 되는 게 맞구나.'

그냥 그런 거구나.

'나름 신급인 줄 알았던 몬스터가 아무것도 못 하고 처맞기만 하네.'

1번 성좌와 7번 성좌. 거기에 앱솔루트 네크로맨서까지 조종했던 몬스터인데. 너무나 무력하게 얻어맞았다. 결국 쿠로스는 검은 잿더미가 되고 말았다.

3충성에게 간단한 알림이 들려왔다.

-질투의 여신 쿠로스를 사냥하였습니다.

'정말 끝났네……?'

이쯤 되니 자신도 신앙심이 생길 정도다.

'그런데 왜 클리어가 아니지?'

보스 몬스터가 아닌가. 3충성이 이상하게 생각할 무렵. 그와 동시에 한주혁이 악신의 가호를 없애면서 돌무더기가 땅으로 떨어져 내렸는데, 한주혁과 한세아. 그리고 천세송이 모두 박살 내버렸다.

천세송이 진심으로 사과했다.

"오빠. 미안해요."

성좌 퀘스트 던전에 들어와서 괜히 방해만 된 것 같다.

"다음에…… 성좌 퀘스트 던전에 저는 참여 안 하는 게 좋을 거 같아요."

도움이 되기는커녕. 방해만 된 거 같지 않은가. 이러면 안 됐다. 적어도 성좌 퀘스트 던전에는 같이 참여하면 안 될 거 같았다. 자신이 방해만 되었다고 느꼈다. 그때까지만 해도 그런 줄 알았다.

바로 다음 상황이 이어지기 전까지.

천세송은 쿠로스를 되살리려고 했다. 천세송의 클래스는 앱솔루트 네크로맨서. 사령술을 사용했다.

"일어나라. 죽음의 병사여."

순간 천세송의 다리에서 힘이 풀렸다. 주저앉을 뻔했다. 한주혁이 천세송의 어깨를 붙잡아 부축해 줬다.

"왜 그래? 괜찮아?"

"괜찮아요. 알림이 들리면서 M/P가 한 번에 쭉 빠져나갔어요. 몸에서 힘도 빠졌고."

"무슨 알림?"

"특별한 조건을 만족시키지 못해서 사령술을 진행할 수 없대요. 그에 대한 부작용으로 M/P가 모두 소진됐어요. 그 외에 딱히 다른 부작용은 없는 것 같아요."

그나마 다행이었다. 큰 페널티는 없는 모양이었다. 그때 한주혁에게 알림이 들려왔다.

-질투의 저주가 풀리지 않았습니다.
-질투의 저주가 여전히 유효합니다.

질투의 저주가 풀리지 않아서 그 저주가 유효하기는 유효한데.

-질투의 주체가 사망하였습니다.
-질투의 저주가 약화됩니다.

질투의 저주가 약화되기는 했단다.
'흠.'
단순히 쿠로스를 때려잡는 것이 클리어 조건이 아니었던 모양이다. 그래도 쿠로스를 잡아서인지, TIP 알림이 들려왔다.

-루프라 던전을 클리어하기 위하여 질투의 저주를 풀어야 합니다.

한주혁은 잠시 생각에 빠졌다. 미안하다고 사과하던 천세송은 입을 다물었다.
오빠가 뭔가 생각에 잠긴 모양이다. 방해하고 싶지 않았다.
그녀도 알림을 들었다. 천세송은 생각에 빠졌다.

'뭘까?'

뭔가를 놓치고 있는 것 같기는 한데. 그러다가 문득 그녀가 달빛 피리와 달빛 하모니카 설명을 떠올렸다.

'달빛 피리는…… 세니아가 가지고 다니며 불었던 피리.'

질투의 여신 쿠로스의 저주를 받았다고 했다.

'달빛 하모니카는 세니아의 연인이었던 루폰테가 가지고 있던 하모니카. 역시 쿠로스의 저주를 받았다고 했어.'

혹시나 싶어 한주혁에게 말해봤다.

"오빠. 알림이 말하는 저주의 주체는…… 쿠로스잖아요?"

"맞아."

설명에도 나와 있다. 질투의 여신 쿠로스가 저주를 내렸다고.

"반대로 저주를 당한 개체는 달빛의 요정 세니아와 세니아의 연인 루폰테잖아요."

한주혁이 고개를 끄덕였다. 순간, 한주혁이 무언가를 번뜩 떠올렸다.

"아……!"

잠시 잊고 있었다.

'달빛의 요정.'

한주혁은 이미 달빛의 요정을 봤다. 그것도 바로 몇 분 전에.

'달빛의 요정 시리아.'

시리아 역시 쿠로스와 마찬가지로 특수한 능력을 가지고 있었다. 마인드 컨트롤 능력.

천세송의 단 한마디가 힌트가 됐다.

"고마워."

힌트만 있으면 된다. 그것만 있으면 알아서 결과값을 내놓을 수 있다. 그게 한주혁이다.

'달빛의 요정이라고 등장을 했었고.'

굳이 죽이지 않아도 클리어가 진행됐었다. 다음 관문으로 자연스럽게 이어졌었다.

'죽이지 않아도 됐던 게 아니라, 진짜 클리어를 위해서는 죽이면 안 됐던 거다.'

괜히 죽이고 싶지 않아서 내버려 뒀었는데. 그 선택이 옳았던 모양이다.

'어쩌면.'

질투의 여신이라 이름 붙은 쿠로스가.

'저주를 내려서 이름과 모습을 바꾸어 버렸다면?'

충분히 일리가 있는 얘기다. 강력한 마인드 컨트롤 능력을 바탕으로 세뇌 등의 작업을 진행했을 수 있다. 그러나 시스템 설정값까지 바꿀 수는 없었다.

'그래서 달빛의 요정이라는 값까지는 못 바꿨고.'

이름과 모습은 저주를 통해 바꿨지만 본질은 바꾸지 못했다. 우연인지 어떤 건지는 모르겠지만 시리아와 세니아. 이름의 느낌도 비슷하다고 느꼈다.

"시리아를 찾아야 돼."

"시리아를요?"

말하자면 전 단계의 보스 몬스터인데.

"어떻게요?"

던전을 클리어해 나가는 건 당연한 일이다. 그런데 클리어했던 관문으로 되돌아가는 것은 흔치 않은 일이다. 특히 이번 루프라 던전처럼 물리적으로 걸어서 움직이는 곳이 아닌, 던전 내의 필드가 스스로 변하는 곳이면 더더욱.

"생각해 봐야지."

한주혁은 거기서 알 수 있었다.

'이 던전이 메시지를 던져주고 있던 거네.'

그래서 필드가 완전히 변하는 게 아니라, 속성만 변했던 것 같다. 완전히 다른 공간으로 이동하지 않고 연관이 있는, 이를테면 '이어지는 필드'로 이동되었던 것 같다.

'거꾸로도 이동할 수 있는 방법이 분명 있어.'

알림이 들려왔다.

-완벽한 클리어까지 제한시간 30분이 주어집니다.

달빛의 요정 시리아 역시 알림을 들을 수 있었다.

-저주가 약화됩니다.

저주? 무슨 저주?

그녀의 머리카락에 달려 있는 뱀들이 쉬익-쉬익- 하고 울어 댔다. 머리카락이 쭈뼛 서는 느낌을 받았다.

'느낌이…… 이상해.'

시리아의 눈에서 눈물이 흘러내렸다.

"나…… 왜 이렇게 외롭지?"

알림이 들린 직후부터 마음에 무언가 변화가 일어났다. 그 녀 스스로도 '어떤 변화'라고 구체적으로 얘기할 수는 없지만 하여튼 뭔가가 변했다.

굳이 비유하자면 비가 내리는 어두운 밤, 비를 가려줄 그 어 떤 것도 없는 상태에서 날개를 적셔가며 힘없이 날아가는 것 같았다.

'날개?'

나는 날개가 없는데. 가짜 모습일 때에 날개를 갖고 있기는 하지만 그건 어디까지나 가짜다. 진짜 자신은 날개가 없다.

'날개가 젖는 게 왜 외로워?'

모르겠다. 말로 표현하기 어려운 감정이었다.

"너는 내 마음을 알아줄까?"

돌로 만들어진 거대한 뱀. 스톤 아나콘다가 꾸물꾸물 기어 와 시리아의 몸을 감싸 안았다. 겉모양새만 보자면 거대한 뱀이 인간 형태의 뱀을 질식사시켜 잡아먹으려는 것처럼 보였지만 시리아는 오히려 포근함을 느꼈다.

시리아가 말했다.

"아까 네게 위험이 닥칠까 싶어서 너무 두려웠어."

스톤 아나콘다의 눈이 빛났다. 시리아의 말을 전부 알아듣는 것 같았다. 시리아는 스톤 아나콘다의 몸을 쓸어내렸다.

"그러고 보니…… 우리는 언제 처음 만났지?"

스톤 아나콘다를 말을 하지 못한다. 발성기관이 없다. 다만 몸을 조심스레 움직여 시리아를 더 꽉 껴안기만 했다. 시리아가 스톤 아나콘다의 몸을 계속해서 쓸어내렸다.

"나 왜 이렇게 눈물이 나지? 넌 왜 이렇게 몸이 딱딱한 거야?"

스톤형 골렘이니까 당연한 얘기다. 시리아는 스스로 무슨 말을 하는지 모를 정도로 혼란스러웠다.

"도대체 내가 왜 이러는지. 쿠로스 님께 여쭤봐야겠어."

쿠로스는 모든 것을 다 아는, 전지전능한 분이니까. 적어도 그녀는 그렇게 알고 있었다.

"……응?"

그런데 스톤 아나콘다의 눈에서도 돌덩이가 떨어져 내리고 있었다. 놀랍게도 스톤 아나콘다가 눈물을 흘리고 있었다.

시리아는 스톤 아나콘다가 눈물을 흘리는 것을 처음 봤다. 사람의 주먹만 한 크기의 돌덩이가 계속해서 떨어져 내렸다.

"울지 마."

시리아는 괜스레 또 슬퍼졌다. 아까 전. 스톤 아나콘다에게 위험이 닥쳤을 때에 그랬던 것처럼. 시리아 역시 눈물을 흘리기 시작했다.

정말 이상했다.

3충성은 인벤토리에서 뭔가 변화가 있음을 느꼈다.

"저…… 절대악님?"

"아서 님이면 됩니다."

"아, 아, 네. 아서 님."

그냥 형느님으로 부르는 게 마음 편할 거 같기는 한데, 일단은 아서라 부르기로 했다.

뭐랄까. 닉네임을 부르는 게 당연한 거기는 하지만 괜스레 부담스러운 느낌이었다. 감히 내가 아서라는 이름을 입에 올려도 될까, 그런 느낌.

"아까…… 제가 아이템 몇 개를 수거했는데요."

"네. 고맙습니다."

루펜달에 비해 매지컬 콜렉터로서의 재능과 자질은 떨어지는 것 같기는 하지만 그래도 나름대로는 열심히 하는 게 눈에 보인다.

"저…… 루펜달이 시켜서 하기는 했는데……."

아까 루펜달이 윽박지르지 않았던가. 내조를 잘하려면 일단 되는대로 다 줍는 거라고. 한 100개쯤 주우면 그중에 1개정도 도움이 될 거라고.

"그래서 제가 아까 시리아의 눈물을 인벤토리에 넣어놨었는데. 여기서 빛이 새어 나오고 있습니다."

"눈물이요?"

한주혁도 눈물이 어떤 것인지 기억해 냈다. 달빛의 요정 시리아. 그녀의 눈에서 떨어져 나오던 건 다름 아닌 돌덩이였다. 눈물치고 특이하다고 생각하기는 했으나 그다지 중요하게 생각하지는 않았던 것이었는데.

한주혁이 '시리아의 눈물'을 받아 들었다.

이거.

'생각도 못 했는데.'

한주혁에게는 악의 추적이라는 희대의 추적 스킬이 있다. 성좌의 위치마저도 잡아내서 한 번 쳐들어갈 수 있었다. 그런데 이 필드에서는 그 추적 스킬이 제대로 먹히지 않던 상황이었다.

'권능의 귓말로 주랑 씨를 부를까 했었는데……'

안 그래도 될 거 같다. 심안을 통해 살펴보니 이 '시리아의 눈물'에서는 마나가 새어 나오고 있었는데.

-스킬. '악의 추적'이 특수한 마나를 감지하였습니다.

-특수한 마나를 내뿜는 주체가 '시리아의 눈물'로 확인됩니다.

-'시리아의 눈물'을 악의 추적에 융합할 수 있습니다.

-'시리아의 눈물'과 '악의 추적' 융합 시 '시리아의 눈물'을 소모됩니다.

-스킬. '악의 추적'을 통하여 특수한 마나의 주체를 추적하시겠습니까?

한주혁의 스킬인 '악의 추적'과 아이템인 '시리아의 눈물'이 콜라보를 이루었다.

한주혁의 눈에 마나의 흐름이 선명하게 보였다. 검은색 마나의 흐름. 그 흐름은 한데 뭉쳐져서 허공에 하나의 문을 만들어놓은 것처럼 보였다. 검은색. 둥그런 형태의 입구가 보였다.

'나한테만 보이는 건가.'

그런 것 같았다.

"3층성 님. 고맙습니다. 한 건 했네요."

"하, 하하…… 하하……! 별말씀을요."

3층성은 멋쩍게 웃었다. 그리고 그는 스스로를 경계했다.

'나. 왜 기쁜 거냐?'

한 건 했네요. 고맙습니다. 딱 두 마디였는데.

'나. 왜 설레냐?'

나는 3층성이다. 겨우 이런 간단한 칭찬에 넘어가지 않는, 그 유명하고 콧대 높은 3층성이란 말이다.

'나, 나는……!'

나는 도대체 왜 기쁜 거냐 말이다.

'아이씨……'

저도 모르게 헐렐루야 형멘을 외칠 뻔했다. 3충성은 전혀 모르고 있었지만 그 모습을 루펜달이 흐뭇하게 쳐다봤다.

루펜달이 고개를 끄덕였다. '처음에는 다 그렇게 시작하는 거야' 하고 아주 작게, 흐뭇한 얼굴로 중얼거렸다.

"가자."

한주혁이 그 문을 향해 걸었다. 한주혁 일행이 그 뒤를 따라 걸었다.

⟨≈⟩

한주혁은 시간을 확인했다.

'남은 시간 25분.'

어두운 동굴. 시리아가 말했던 '사랑스러운 보금자리' 혹은 '지성소'로 표현되어 있던 이곳으로 되돌아왔다.

'시리아가 느껴진다.'

광역탐지에 걸렸다. 걸어서 5분 정도면 도착할 수 있을 것 같았다. 5분 뒤. 그는 스톤 아나콘다와 함께 울고 있는 시리아를 발견할 수 있었다.

'남은 시간 20분.'

발견하기는 했는데 상황이 그렇게 좋지만은 않았다.

"너, 너는!"

한주혁을 발견한 시리아가 자리에서 벌떡 일어서려고 했으나 불가능했다.

"내, 내 다리가……!"

시리아는 반인반사.

다시 말해 상체는 인간에 가깝고 하체는 뱀이다. 하체. 그러니까 뱀에 해당하는 부분이 돌로 변해 있었다.

시리아는 당황했다.

"내, 내 다리가 언제……!"

스톤 아나콘다가 적개심을 표출하며 몸을 일으켰다. 코브라처럼 몸을 꼿꼿이 세우자 그 높이가 10미터에 달했다.

한주혁이 말했다.

"싸우자고 온 거 아니야."

그리고.

"싸우려고 했으면 진작 너희 모두 박살 냈어. 알지? 그러니까 싸울 생각 마."

시리아도 그걸 안다. 저놈은 괴물이다. 괴물 중의 괴물. 상식이 통하지 않는 비상식 생명체.

"아나콘다. 진정해. 어차피 우릴 죽이려고 했으면 진작 죽였을 놈이야."

한주혁이 단도직입적으로 물었다.

"너. 달빛의 요정 세니아냐?"

그 순간 시리아의 머리에 붙어 있던 뱀들이 전부 떨어져 내렸다. 한주혁에게 겁을 먹은 것인지, 동굴 틈 사이로 모두 도망쳐 버렸다.

시리아는 고개를 갸웃했다.

"세니아? 그게 누구야?"

그런 거 알 게 뭐람.

'나는……'

그냥 차라리 죽고 싶은 마음이 들었다. 이유는 모르겠지만 더 이상 살고 싶지 않았다. 그냥 그랬다.

"그런 거 몰라. 그냥 나를 죽여줘. 나 이제. 그만 자고 싶어."

한주혁은 인상을 살짝 찡그렸다. 남은 시간은 이제 15분. 15분 내에 이 시나리오를 클리어해야 했다.

'거대한 골렘 형태의 뱀.'

주위를 둘러봤다.

'저 뱀의 눈물?'

달빛의 요정 시리아의 눈물도 돌이었다. 저 뱀의 눈물도 돌이다.

'시리아도 뱀.'

따지고 보면.

'저것도 뱀.'

둘 다 뱀과 관련이 되어 있는 상태였고.

'돌이켜 보면……'

시리아는 스톤 아나콘다를 끔찍하게 아꼈다.

자신이 가지고 있는 모든 것을 다 바쳐가면서라도, 아나콘다를 살리기 위해 싹싹 빌었다. 마치 사랑하는 연인을 대하는 것처럼 말이다. 시리아는 어쩌면 달빛의 요정 세니아가 저주로 인해 변형된 형태일 수도 있다.

그러한 단서들을 생각해 보면.

'혹시……?'

한주혁이 입을 열었다.

"네가 루폰테냐?"

그와 동시에 알림이 들려왔다.

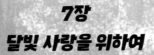

7장
달빛 사랑을 위하여

한주혁은 아이템 설명을 놓치지 않았다.

보통 사람들은 아이템 상세설명을 그다지 중요하게 생각하지 않는다. 그래서 대충 보고 넘긴다. 대부분이 그렇다. 한주혁도 마찬가지다. 다만 지능이 너무 높아서 대충 봐도 정확하게 기억할 뿐.

<달빛 하모니카>

아름다운 달빛의 요정 세니아의 연인. 루폰테가 항시 몸에 지니고 다니며 불었던 하모니카. 루폰테는 이 하모니카로 세니아에게 사랑을 속삭였다. 질투의 여신 쿠로스의 저주로 인하여 세니아의 피리가 망가졌을 때, 하모니카는 더 이상 소리를 낼 수 없게 되었다고 전해진다. 하모니카를 불기 위하여 특별한 조건이 필요하다.

　옵션:

　　1) 루프라 던전 활성화

　+상세설명

"네가 루폰테냐?"

　루폰테. 설명에 따르면 달빛의 요정 세니아의 연인이라고 표시되어 있었다. 여태까지의 유사성을 살펴봤을 때. 저 스톤 아나콘다는 루폰테일 확률이 매우 높았다. 그의 생각을 증명하기라도 하듯.

-스톤 아나콘다가 혼란에 빠져듭니다.

-달빛의 요정 시리아가 혼란에 빠져듭니다.

　혼란에 빠져든다는 알림이 들려왔다.

'남은 시간 18분.'

　혼란에 빠져든다는 것을 알림을 통해 친절히 알려줬다. 뭔가가 있다는 얘기다.

　천세송이 무언가를 발견했다.

"오빠. 저기 봐요."

　스톤 아나콘다의 몸이 빠른 진동을 일으켰다. 부르르 떨고 있었는데, 아나콘다의 눈에서 붉은색 빛이 뿜어져 나왔다.

'루폰테라는 이름으로 자극을 한 거고.'

뭔가.

'더 자극이 필요한 것 같다.'

저주가 완전히 없어지지 않았다. 저주를 없애는 방법은 모르겠다만 스톤 아나콘다를 더 자극할 수 있는 방법은 대충 알 것 같다.

"이걸 봐도 전혀 모르겠냐?"

한주혁이 달빛 하모니카를 꺼내 들었다. 그때 비명이 터져 나왔다.

"끼야아아아악!"

혼란에 빠져든 것은 스톤 아나콘다뿐만이 아니었다. 시리아 역시 제정신이 아닌 듯했다. 아나콘다와 마찬가지로 눈에서 붉은빛이 새어 나왔다. 뱀들이 모두 도망가서 대머리가 되어버린 그녀는 머리를 부여잡고 비명을 질러댔다.

"아파! 너무 아파!"

그렇게 비명을 지르는 사이.

"오빠. 아나콘다의 움직임이 이상해!"

아나콘다의 몸이 조금씩, 조금씩 움직이기 시작했다. 한주혁이 눈을 가늘게 떴다.

'저건 마치.'

커다란 뱀이 사냥감을 사냥할 때. 숨통을 옥죄듯 감싸는 것처럼 보였다. 스톤 아나콘다가 시리아의 몸을 점점 옥죄어 갔다.

그런데 한주혁이 꺼낸 달빛 하모니카를 보자.

-스톤 아나콘다가 폭주하기 시작합니다.

그 속도가 훨씬 빨라졌다. 시리아는 스톤 아나콘다가 자신의 몸을 감싸고 있는 것도 모른 채 비명을 질렀다.

한주혁은 달빛 하모니카를 품속에 넣었다.

"아무래도……."

저 시리아와 아나콘다. 다시 말해, 달빛의 요정 세니아와 루폰테가 이 던전을 최종 클리어하는 데에 결정적인 키일 텐데.

"너 좀 존나 맞아야겠다."

죽으면 곤란하지 않은가.

"그렇습니다. 형님. 역시 화끈하십니다. 저는 오매불망 그 말만을 기다리고 있었습니다. 형님."

루펜달은 저 말을 기다리고 있었던 것 같다. 역시. 형님은 주먹을 들어 올려야 형님 아니겠는가.

"보석만 안 깨지면 되는 거잖아?"

그렇다. 심장이라 할 수 있는, 3층성이 처음에 획득했던 '몬스터 핵'만 안 깨지면 된다.

꼬꼬가 푸드덕-! 하고 날아올랐다.

키에엑!

너는 이제 아주 아플 것이다.

사실 꼬꼬는 저 뱀 형태의 거대한 몬스터에게 통점이 없다는 것을, 다시 말해 괴로움을 느끼지 않는다는 것을 본능으로 알고 있다. 하지만 그런 건 아무래도 중요하지 않았다.

키에엑!

주인님 화났다!

주인님을 화나게 하면 답이 없다.

저 돌덩어리는 시체 돌덩어리가 되고 말 것이다. 돌덩어리에게 시체라고 표현하면 좀 이상하지만, 하여튼 지능이 떨어지는 꼬꼬가 느끼기에는 그랬다. 저 돌덩이는 박살이 날 것이다.

키에엑!

먹을 것을 내놓아라!

꼬꼬의 생각과 짐작은 틀림없었다. 한주혁이 움직였다. 최종 보스라 할 수 있는 쿠로스마저도 때려눕힌 한주혁이다. 중간보스인 스톤 아나콘다를 못 팰 이유는 없다.

콰과광!

폭발음이 터져 나왔다. 돌의 파편이 이리저리 튀었다. 튄 수준이 아니라 흩날렸다.

3층성은 그 광경을 보며 몸을 부르르 떨었다.

"으……."

그는 굳게 다짐했다. 절대악 앞에서는 혼란을 느끼지도 말아야 하고 폭주해서는 절대 안 된다. 이성을 잃는 순간 저렇게 된다. 그 어떤 상황에도 이성을 잃지 않기로 다짐하고 또 다짐했다.

'불쌍할 정도네.'

스톤 아나콘다는 돌로 이루어진 몬스터. 사실 돌이라기보다는 거대한 바위 여러 개가 연결되어 있는 것 같은 모양새였는데, 그 바위가 돌멩이가 되고, 돌멩이가 조약돌이 되고, 조약돌이 모래알이 되는 것은 순식간이었다.

-스킬. 악신강림을 사용합니다.

거대한 몸체에 수많은 악령이 달려들어 난도질을 하고.

-스킬. 아수라극천무를 사용합니다.

눈에 보이는 모든 곳을 타격하는 정밀 광역기가 스톤 아나콘다를 헤집고.

콰과광!

아무것도 아닌 것처럼 보이지만 수많은 랭커들을 검은 잿더미로 만들어 버렸던 주먹질이 스톤 아나콘다를 잘게 잘게 부숴 버렸다.

그때 시리아의 눈에서 뿜어져 나오던 붉은 빛이 잦아들었다. 한주혁은 그것을 놓치지 않았다.

'변화?'

아무래도 이거.

'충격요법?'

충격요법이 맞는 것 같다.

눈앞에서 사랑했던 연인이 박살 나는 것을 똑똑히 봤는데 충격을 받지 않는다면 거짓말이지 않겠는가.

'충격요법이 맞겠지?'

현재 남은 시간은 15분가량.

"안 돼…… 안 돼……!"

시리아의 눈에서는, 눈물이 흘러내렸다.

'다른 변화.'

이번에는 진짜 눈물이었다. 아까는 울었을 때 돌이 떨어져 내렸다. 이번에는 돌이 아니라 물. 그것도 붉은 물이었다.

'저주가 약화되었다는 증거 같은데.'

아무 이유 없이 바뀌었을 리는 없다. 그 눈물이 땅바닥에 떨어졌을 때. 알림이 이어졌다.

-시리아가 저주의 힘을 딛고 일시적으로 정상 상태를 회복합니다.

그와 동시에.

-새로운 퀘스트가 주어집니다.

또 다른 퀘스트가 주어졌다. 어쩌면 이 퀘스트가 바로 이 루프라 던전의 최종 클리어를 결정하는 최종 퀘스트일 수도 있었다.

-퀘스트. '달빛 사랑을 위하여'가 주어졌습니다.
-퀘스트. '달빛 사랑을 위하여' 발동으로 인하여 시간이 절반으로 감소합니다.

현재 남은 시간은 16분가량이었다. 그런데 퀘스트 발동으로 인한 페널티로 절반이 줄어들었다.
'남은 시간은 이제 8분.'
8분 안에 이 퀘스트를 클리어해야 했다.

<달빛 사랑을 위하여>
달빛의 요정 시리아와 루폰테는 달빛 아래에서 서로를 향한 영원한 사랑을 맹세하였습니다. 질투의 여신 쿠로스의 질투가 없었다면 둘은 달콤한 사랑의 속삭임으로 행복한 시간을 채워갈 수 있었을 것입니다. 달빛의 요정 시리아와 루폰테가 사랑의 결실을 맺을 수 있도록 도와주십시오.
+상세설명

한주혁은 곧바로 상세설명을 열었다.

\<상세설명\>

　1) 시리아와 루폰테의 사랑을 위하여 '달빛'이 필요합니다.

　2) 루폰테의 영혼은 저주받은 그릇에 담겨져 있는 상황입니다. 새로운 그릇이 필요합니다. 새로운 그릇에 영혼을 옮겨야 합니다.

　3) 새로운 그릇에는 막대한 양의 에너지가 필요합니다.

　4) 모든 조건을 만족하였을 때. 자격을 갖춘 이에게 변화가 일어납니다.

　한주혁에게만 이 퀘스트가 뜬 것이 아니다. 이곳에 있는 파티원 전원에게 퀘스트가 떴다. 물론, 가장 먼저 확인하고 이해한 사람은 한주혁이었지만.

　'지금…… 스톤 아나콘다는 복구되고 있는 중이고.'

　몬스터 핵을 파괴해야만 스톤 아나콘다를 완전히 없앨 수 있다. 지금은 폭주하길래 그냥 가루로 만들어놓은 상태다. 가루로 만들어놓으면 폭주하고 싶어도 할 수 없을 테니까.

　'조금씩 모양을 갖춰가고 있는데.'

　그 형태는 여전히 뱀의 형태.

　'저게 저주받은 그릇.'

　그렇다는 말은 새로운 육신이 필요하다는 얘기였다.

달빛 사랑을 위하여 197

'아.'

새로운 육신. 거대한 뱀의 형태.

"세송아. 기르칵투 소환해."

한주혁의 말을 세송도 이해했다.

"일어나라. 죽음의 병사여!"

기르칵투가 모습을 드러냈다. 거의 복구가 끝나가고 있는 시점에서 살펴보니 기르칵투와 스톤 아나콘다의 전체적인 크기나 형상이 매우 흡사했다.

'관련이 있지는 않을까 생각했었는데.'

기르칵투 동굴. 루프라 던전. 둘 사이에는 오묘하게 연관점이 많았었다. 그래서 혹시나 어떤 연결고리가 있지 않을까 생각했었던 적이 있지 않은가.

'새로운 육신은 기르칵투면 되겠고.'

상세설명의 2번 조항은 만족했다.

'3번 조항은……'

막대한 양의 에너지. 이거 어디서 많이 들어봤다. 보통 에너지가 필요한 곳. 구동원이 필요한 곳에는 언제나 늘.

'빌어먹을.'

늘 블랙 스톤이 필요했다.

'이번엔 몇 개냐!'

또 몇 개의 블랙 스톤을 처먹을지.

'아니. 이거 클리어하라고 만들어놓은 거 맞아?'

이렇게 클리어하면 자신 외에는 그 누구도 클리어할 수 없을 텐데.

이 던전은 원래 성좌들의 던전이고, 그러면 성좌들은 다른 방법으로 클리어한다는 얘기가 되는데.

성좌들이 자신과 같은 방법으로 클리어할 수 있다고는 생각하지 않았다. 뭔가 다른 게 있다는 얘기다.

'미치겠군.'

뭐 어찌 됐든 일단 좋다. 상세설명의 2번과 3번까지는 알겠다. 기르칵투와 블랙 스톤. 그런데 1번 조항을 어떻게 맞춰야 할지 모르겠다.

'남은 시간은 이제 5분가량.'

5분 내에 이 동굴 같은 곳에서 달빛의 찾아내야 했다.

저주가 약화되어서인지. 아니면 한주혁에 의해 한 차례 박살이 나서인지는 몰라도, 복구를 끝낸 아나콘다는 움직이지 않고 있는 상황. 어쩌면 기르칵투를 의식하고 있는 것일지도 몰랐다.

달빛을 구해야 한다. 달빛이 있어야 이 퀘스트를 클리어할 수 있단다.

'달빛이라.'

천장을 뚫고 어디 달을 가져올 수도 없는 것 아니겠는가. 그때 한 가지 생각이 떠올랐다.

"루펜달."

"예! 형님! 말씀만 하십시오!"

"내게 쓸모없는 아이템들. 네가 전부 갖고 있었지?"

"맞습니다! 3층성이 아직 너무 허접해서 제 인벤토리를 확장하여 가지고 있습니다! 추후 3층성의 능력이 좀 더 강력해지면 그때 인수인계를 할 예정이었습니다!"

루펜달이 인벤토리를 열어 확인했다.

"어……?"

거기서 뭔가를 발견할 수 있었다.

"역시 형님이십니다. 제가 내조를 제대로 못 하였습니다. 죄송합니다. 회개하겠습니다, 형님."

루펜달은 떠올리지 못하고 있었는데, 그에게는 아이템이 하나 있었다. 바로 '달빛의 조각'이었다.

맨 처음. 달빛 피리를 활성화시키기 위해서 필요했던 아이템이 있다.

그 아이템이 바로 '달빛의 조각'이었다. 한주혁이 달빛의 조각을 받아 들었다. 미세하게나마 빛이 새어 나오고 있었다.

'이름이 괜히 달빛의 조각이 아니었네.'

버리지 않길 잘했다. 더 정확히 말하자면 거의 쓰레기가 되었지만 루펜달이 잘 보관하고 있었던 셈이다.

이제 남은 시간은 3분. 한주혁이 아이템들을 한자리에 모았다.

'이렇게 하면 되나.'

달빛의 조각이 빛을 내고, 거대한 뱀 형태의 언데드인 기르칵투가 준비되었고, 마지막으로 블랙 스톤과 몬스터 핵까지 준비되었다.

그 조건들이 한자리에 모이자, 기르칵투의 몸에서 푸른빛이 새어 나오기 시작했다.

푸른빛이 새어 나오기 시작한 것은 그 넷만이 아니었다. 그렇게 다시 1분이 흘렀다. 이제 남은 시간은 2분.

"어어? 뭐야, 이거?"

한세아의 몸에서도 푸른빛이 새어 나오기 시작했다. 그렇게 또다시 1분이 흘렀다. 남은 시간은 이제 1분.

마지막 1분 동안, 한세아에게 알림이 들려왔다.

-빛이되 빛이 아닌 자.

-어둠이되 어둠이 아닌 자.

-그대가 저들의 진정한 사랑을 이루어줄 수 있으리라.

4)번 조항이 말하고 있던 '자격을 갖춘 이'가 바로 잿빛 마도사. 즉, 성좌도 아니고 절대악도 아닌 한세아였던 듯했다.

한세아는 순간 당황했다.

"어떻게 해야 하지?"

그러나 어떻게 할 필요는 없었다. 달빛의 조금씩 조금씩 사라져 갔다. 바람결에 흩어져가는 먼지처럼. 조금씩 사라짐과 동시에, 기르칵투의 몸에 몬스터 핵이 흡수되었다. 블랙 스톤 역시 기르칵투의 몸으로 사라져 갔다.

-더 거대한 에너지가 필요합니다.

남은 시간은 이제 겨우 몇십 초가량. 오래 생각할 겨를이 없었다. 한주혁은 블랙 스톤을 무려 10개나 사용해야만 했다. 빌어먹을, 빌어먹을, 좋은 거 안 내놓으면 진짜 던전이고 뭐고 다 부숴 버린다. 이렇게 중얼거리면서.

이제 몇 초 남았다.

-더 이상 흡수할 수 없습니다.

'이제 시간도 없고.'

할 수 있는 건 다 했다. 시간도 없다. 클리어냐 아니냐. 그게 남았을 뿐. 드디어 알림이 들려왔다.

-축하합니다!

-퀘스트. '달빛 사랑을 위하여'를 클리어하였습니다.

그리고 알림이 이어졌다.

3충성도 한주혁과 같은 알림을 들었다.

-퀘스트. '달빛 사랑을 위하여'를 클리어하였습니다.

남은 시간은 이제 없다. 던전에서 줬던 시간은 30분. 이것이 최종 클리어 퀘스트냐. 아니냐. 그것의 갈림길에 섰다.

3충성은 생각했다.

'아마……'

최종 클리어 퀘스트가 맞을 거 같다고는 생각했다.

'만약에라도 아니라면.'

그가 알기로는, 절대악 최초의 던전 공략 실패가 아닐까 싶다. 밉상 중에서도 개밉상인 선임. 매지컬 콜렉터로서의 길로 안내한 루펜달이 3충성을 툭 쳤다.

"야. 너 무슨 생각하냐?"

"뭐가?"

"너 설마 형느님이 퀘스트 실패했다거나 그런 걸 생각하는 건 아니지?"

실패하기를 바란다거나 실패했다고 생각하지는 않는다.

다만 그는 인터넷 논객으로서, 논객이기에, 여러 가지 상황을 다 염두에 두고 머릿속으로 생각할 뿐. 이러한 경우에는 이런 경우의 수가 발생하고, 저런 경우에는 저런 경우의 수가 발생하는 것.

그것들을 머릿속에 미리 입력하고 생각해야 인터넷 논객으로서의 자질이 있는 것 아니겠는가.

루펜달이 한숨을 푹 내쉬었다.

"회개해라. 믿음 없는 자여."

고개를 절레절레 저었다.

"그렇게 나약한 믿음으로 매지컬 콜렉터라는 위대한 사명을 잘 감당이나 할 수 있겠냐?"

최종 알림이 들려오지도 않았건만 루펜달은 이미 확신하고 있는 것 같았다.

최종 클리어가 맞다고. 절대악이 가는 길이 곧 길이라고. 상황이 이쯤 되자 3층성은 괜스레 오기가 생겼다.

절대악이 진짜로 이 던전 클리어에 실패하는 것을 바라지는 않지만, 괜히 한 번쯤은 실패하면 좋겠다는 생각이 들 정도였다. 저 얄미운 루펜달의 코를 납작하게 만들어주고 싶었으니까.

-루프라 던전의 최종 퀘스트 클리어를 완료하였습니다.

루펜달이 손가락을 까딱까딱 흔들었다.

"자. 날 따라 해봐라. 멍청한 후임아."

"뭘?"

"형렐루야. 형멘."

"……."

"형님이 가는 길이 곧 길이요 진리다."

3층성은 따라 하지 않았다. 하지만 속으로는 이미 백 번도 외쳤다. 그는 헐렐루야 헐멘을 외치지 않겠다, 자신은 그렇게 물들지 않겠다, 사이비가 되지 않겠다 다짐했지만 루프라 던전을 클리어하는 절대악의 모습을 보면서 이미 저도 모르게 여러 번 외쳤다.

헐렐루야 헐멘이라고.

루펜달은 그러한 마음을 다 알고 있기라도 한 듯, 3충성의 등을 툭툭 두드려 줬다.

"곧 익숙해질 거다."

최종 클리어를 함과 동시에 루프라 던전도 클리어가 완료되었다. 한주혁의 예상이 맞았다. '달빛 사랑을 위하여'를 클리어하는 것이 루프라 던전의 최종 퀘스트였던 셈이다.

-최종 퀘스트 클리어 보상이 주어집니다.

각자에게 주어진 보상이 조금씩 달랐는데 한주혁에게는 아이템 하나가 주어졌다.

'구린 거기만 해봐라.'

블랙 스톤을 또 10개나 처먹었다. 하여튼 이놈의 성좌와 관련이 되면 블랙 스톤을 어마어마하게 소모한다.

이거, 진짜 세계의 보물. 맞지? 보물인데 뭐 이리 툭하면 소모되냐. 한주혁은 내심 배가 아팠지만 차분히 알림을 기다렸다. 아무래도 모든 보상이 완료되고 나서야 루프라 던전을 탈출하게 되는 것 같았다.

'저번이…… 성검 세니아였으니까.'

이번에는 루폰테와 관련된 12대 초인의 아이템이 아닐까 싶다. 그의 생각은 정확했다.

-루폰테의 목걸이가 보상으로 주어집니다.

성검 세니아가 12대 초인의 아이템. 신급 아이템이었다. 한주혁의 예상대로라면 이 루폰테의 목걸이 역시 신급에 해당하는 아이템일 확률이 높았다.

'인벤토리!'

반가운 마음에 인벤토리를 열어봤다.

<루폰테의 목걸이>

세계 12대 초인 중 한 명이었던 루폰테가 사용했던 목걸이. 달빛으로 연단한 목걸이로 알려져 있다.

등급: 신

내구력: 무한

+상세설명

'어라?'

대략적인 설명은 성검 세니아의 설명과 거의 똑같았다. 거기서 한주혁은 그동안 놓치고 있었던 하나의 퍼즐 조각을 발견했다.

'그러고 보니……'

성검 세니아와 루폰테의 목걸이. 둘 다 이러한 설명이 포함되어 있었다.

세계 12대 초인 중 한 명이었던 세니아가 사용했던 명검.

세계 12대 초인 중 한 명이었던 루폰테가 사용했던 목걸이.

달빛의 요정 세니아임과 동시에 세계 12대 초인 중 하나? 요정인데 초인이라는 얘기인가. 이게 어떤 설정이지.

한주혁이 씨익 웃었다.

'그러고 보니 루프라 던전에서 바로 탈출되지도 않고.'

시간이 주어졌다.

'이건 일부러 준 시간이다.'

시스템이 일부러 플레이어에게 허용하고 있는 시간. 이 시간을 활용하면 뭔가 얻을 수 있을지도 모른다는 얘기다.

'그리고 내 눈앞에는 세니아와 루폰테가 있고.'

퀘스트를 클리어한 이후. 세니아와 루폰테는 둘만의 감격스러운 재회를 하는 중이었다. 처음 세니아를 만났을 때의 그 모습. 나비의 형상과 닮은 그 모습의 세니아가 집채만큼 커다란 루폰테의 볼에 손을 얹고 엉엉 울고 있는 모습이 조금 안 어울리기는 했지만.

한주혁이 물었다.

"세니아. 기억이 전부 돌아왔나?"

비록 모습은 많이 달라졌어도. 그래도 자신과 루폰테는 사랑하는 사이임이 틀림없었다. 비록 지금은 뱀의 형상을 하고 있을지라도 눈앞의 이 뱀은 루폰테가 틀림없었다.

세니아는 그것을 알 수 있었다.

루폰테 역시 마찬가지였다. 루폰테는 기뻤다.

자신의 모습이 많이 달라졌지만 그래도 세니아와 만나서 기뻤다. 다시는 보지 못할 거라고 생각했는데. 세니아의 모습이 보였다. 발성 기관이 없는 몸인 건지, 말은 나오지 않았지만 괜찮았다. 말을 하지 않아도 서로의 눈빛만 봐도, 서로의 마음을 아니까.

그러던 찰나 목소리가 들려왔다.

"세니아. 기억이 전부 돌아왔나?"

그 말에 세니아는 정신을 번쩍 차렸다. 감사를 표해야 했다.

이제까지의 일이 기억이 났다. 악독한 마녀. 쿠로스에 의하여 저주를 받지 않았던가.

"고마워요. 이 은혜는 잊지 않을게요. 일전의 무례는 용서하여 주시길."

한주혁이 어깨를 으쓱했다.

"나도 뭐. 조금은 미안했어."

아무리 골렘형 몬스터였다지만 일단은 사랑하는 연인의 몸을 박살 내버리지 않았던가. 세니아는 그런 것쯤은 이해한다는 듯 날개를 팔랑거리며 말했다.

"당신의 길에 달빛의 가호가 깃들기를."

한주혁은 인사치레를 오래 하지는 않았다. 언제 이 던전을 탈출할 수 있을지 모른다. 본론부터 얘기하기로 했다.

"그래서. 세계 12대 초인이 뭐지?"

12대 초인의 아이템은 보통 성좌 퀘스트 던전에서 주어진다. 그리고 그것은 악/마 속성에 대하여 강한 힘을 발휘한다. 성좌에게 들어가게 되면 상당히 까다로운 아이템들이다.

한주혁의 질문에 세니아는 별로 어려울 것도 없다는 듯 빠르게 대답했다.

"절대악을 처단하기 위하여 모였던 12명의 사도들을 일컬어 세계 12대 초인이라고 불렀어요."

한주혁은 뜨끔했다. 뭐야. 여기서도 절대악이 튀어나와?

"절대악이 뭔데?"

"세상을 혼란에 빠뜨릴 악의 힘. 악마를 추종하며 세계를 파멸시킬 증오스러운 힘. 절망과 공포를 주축으로 한 무서운 힘. 그 힘을 자유자재로 다룰 수 있는 악의 파수꾼이죠."

"……."

음. 나도 일단 절대악인데. 내가 그렇단 말이지.

"아……."

"혹시라도 절대악을 보게 되면 내게 꼭 말을 해줘요. 반드시 처단을 해야 하니까."

루펜달은 외치고 싶었다. 너 따위 힘으로 감히 절대악느님을 처단할 수 있을 것 같으냐! 이 허접한 좆밥새끼야!

그러나 그럴 수 없었다. 그녀는 눈치가 아주 빠르다. 그럴 때가 아니라는 것을 단박에 파악했다.

한주혁이 세니아를 쳐다봤다.

'세니아의 힘이 강력해졌다.'

정확한 비교는 어렵겠지만.

'이 정도면 데미안과도 비벼볼 수 있을 것 같은데.'

정확하게는 모르겠다. 그런데 느껴지는 힘이 아까보다 훨씬 더 강대했다. 데미안 정도는 아닐지 몰라도.

'이런 애가 12명이 있으면 데미안을 잡을 수도 있겠어.'

데미안을 잡을 수 있다는 얘기는 곧 자신도 잡을 수 있다는 얘기다. 부딪쳐 보지 않아서 모르겠지만 왠지 그럴 거 같다. 다시 말해 저주가 풀린 세니아는 많이 강해졌다.

'언제 밖으로 나갈지 모르니까.'

갑자기 던전 밖으로 이동하면 곤란해진다. 재 표정을 보아하니 절대악을 보면 일단 칼부터 들이밀 거 같다. 일단 급한 불부터 끄기로 했다.

"세니아. 내게 감사를 표하고 싶은 거지?"

"물론이지. 루폰테를 다시 만날 수 있다니. 내게 지금 당장 죽으라는 말만 아니라면 모든 말을 다 들어줄 수 있어. 이 은혜를 어떻게 갚을 수 있을까. 그렇지, 루폰테?"

어느새 옆으로 다가온 기르카투의 형상을 하고 있는 루폰테가 고개를 끄덕였다.

기르카투의 본래 주인이었던 천세송은 확실히 느낄 수 있었다.

'기르카투가 아니야.'

그보다 훨씬 더 강해졌다. 이미 기르카투와의 연결은 끊어졌다. 루폰테는 더 이상 언데드가 아니었으니까.

'정말로 강해진 것 같은데.'

어느 정도 강해졌는지는 천세송도 정확하게 알 수는 없었다. 한편, 한세아는 발견할 수 있었다. 오빠의 표정을. 저 표정. 또 나왔다.

뭔지는 모르겠지만.

'오빠 화이팅!'

아니. 이제는 좀 알겠다. 뭘 할 건지. 오빠의 목소리가 들려왔다.

"세니아. 알지 모르겠지만 나는 인간들의 대군주다."

"대군주? 위대한 칭호를 가졌군요. 경의를 표할게요."

거짓은 아니었다. 대군주 칭호를 가지고 있다.

"대군주의 위명을 유지하기 위하여…… 네 서명이 필요하다."

대군주의 위명을 유지하기 위한 서명 따윈 필요 없다. 사실은 그냥 충성 서약서다.

"충성 서약서에 이름을 올려주면 좋겠군. 별건 아냐. 내 대군주 설정에 도움을 줄 수 있는 것뿐이지."

"좋아요."

연인과 재회한 세니아는 충성 서약서를 받아들였다. 한주혁이 내심 뿌듯하게 웃었다.

'만에 하나 얘네가 튀어나와서 절대악을 공격할 일은 없겠네.'

충성 서약서가 그걸 막아줄 거다. 충성을 맹세한 상대. 그러니까 자신에게 위해를 가할 수 없도록 되어 있으니까.

'이 정도면 핵이득이지.'

세니아와 루폰테쯤 되는, 적이 될지도 모를 이들을 둘이나 충성 서약서에 넣어놓았다. 아주 좋다.

'급한 불은 껐고.'

이제 12대 초인의 설정과 관련한 질문을 할 차례다. 그것을 물어보려고 했는데.

"고마워요. 은인이시여. 이 은혜는 잊지 않을게요. 저희는 달빛의 부름에 따라 달빛을 향해 돌아갈게요."

세니아와 루폰테의 몸이 흐려졌다.

"······그래."

아. 설정 못 물어봤는데.

'그래도 이게 낫지.'

설정 듣고 재들을 그냥 보내주는 것보다는, 설정 안 듣고 재들을 충성 서약서에 넣어놓는 게 더 낫다. 뒤통수 맞을 일은 없으니까. 루펜달은 3충성에게 속삭였다.

"저게 바로 형님이시다. 뒤통수칠 싹을 아예 확 없애 버리는 순간 판단 능력. 너는 인터넷 논객이라고 깝치지만 이 순간, 저런 게 되냐?"

"······."

"안 되지?"

"······."

"형님만큼은커녕 형님 발가락에 낀 때만큼도 못 따라가겠지?"

"······."

"그럼 그럼. 난 못 해. 근데 3충성아. 그거 부끄러운 거 아니다? 당연한 거야. 왜냐하면 상대가 형님이잖아?"

루펜달이 다시 한번 3충성의 등을 두드렸다.

"그니까 포기하면 편해."

"······."

사실 3충성도 이미 마음으로는 포기했다. 마음으로는 형렐

루야에 백 번 천 번 가입했다. 다만 루펜달이 거슬려 표현을
하지 못할 뿐.

"처음이 어렵지, 두 번은 쉽다? 그냥 형렐루야 형멘 외치면
되는 거야."

"……전도하는 거냐?"

이쯤 되면 루펜달은 사이비 전도사 같은 느낌이다. 황당한
건, 자신이 저 말도 안 되는 논리에 점점 빠져들고 있다는 것.

한편, 한주혁은 주변을 둘러봤다.

'슬슬……'

루프라 던전에서 탈출할 때가 된 것 같은데. 잠깐 시간이 남
아 루폰테의 목걸이를 좀 더 살펴봤다. 상세설명을 펼쳤다.

한주혁이 씨익 웃었다. 재미있는 걸 발견했다.

'뭐냐, 이건?'

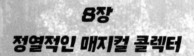

8장
정열적인 매지컬 콜렉터

한주혁은 아까 확인하지 못했던 상세설명 창을 확인했다.

<상세설명>

　루폰테의 목걸이에는 두 가지의 특수 능력과 한 가지의 숨겨진 능력이 내재되어 있습니다.

특수 능력:

　1) 1회에 한하여 모든 악/마 속성 개체에게 무조건 적인 석화 발동. (단, 대상 개체의 능력에 따라 석화 지속시간 결정되며 최소 보장 석화 시간은 1초)

　2) 신급 이하의 모든 석화 마법에 대한 강력한 저항

　3) ?

'무조건적인 석화?'

1회에 한하여 모든 악/마 속성에게 석화를 쓸 수 있다. 데미 안쯤 되는 강력한 개체에게도 사용할 수 있다는 얘기다. 최소 보장시간은 1초. 아무리 강한 개체여도, 최소 1초는 석화를 걸 수 있다는 뜻.

'괜찮네.'

그리고 숨겨진 능력이 하나 보였다. 1회라는 횟수제한이 아쉽기는 했지만.

'숨겨진 능력은······.'

천세송이 물었다.

"오빠. 어때요? 아이템 좋아요?"

"응. 좋은 것 같긴 한데."

신급이라고 보기에는 조금 애매했다.

구마도스 장갑처럼 설정을 무시할 수 있는 힘이 있는 것도 아니고 성검 세니아처럼 강력한 대 악마 상성효과가 있는 것도 아니고. 말카노의 귀걸이처럼 단단한 방어능력을 가진 것도 아니고.

"숨겨진 능력이 관건인 것 같긴 한데."

"숨겨진 능력이요?"

"흠."

"계속해서 키워드가 이어졌잖아요. 달빛과도 연관이 있고. 세니아와 루폰테랑도 연관이 있고."

거기서 한주혁은 힌트를 얻었다.

"그래. 그런 거 같네. 고마워."

한주혁은 천세송의 머리를 슥슥 쓰다듬었다. 이제는 습관처럼 자연스러웠다. 이럴 때마다 천세송은 그 손길이 기분 좋은 듯 행복하게 웃었다.

'칭찬받았다!'

기분이 무척 좋아졌다. 아까 질투의 여신 쿠로스 때문에, 오빠에게 방해가 되었다 생각하여 조금 우울했었는데 기분이 한결 좋아졌다.

'기르카투도 도움이 됐고.'

아끼던 언데드 하나를 잃기는 했지만 괜찮았다. 오빠에게 큰 도움이 되었으니까.

'그러고 보니 참 복합적으로 여러 가지를 요구하는 던전이었네?'

앱솔루트 네크로맨서도 필요했고 성좌의 힘도 필요했다. 절대악의 능력도 당연히 필요했는데 매지컬 콜렉터의 능력도 필요했다.

'난이도가 지나치게 높은 거 같은데……'

뭐 아무럼 어때.

'칭찬받았으면 됐지.'

기분이 많이 좋아졌다. 한편, 한주혁은 숨겨진 능력을 어떻게 발현시킬 수 있는지. 대충 감이 왔다.

'알겠다.'

왠지 성검 세니아와 함께 사용하면 세트효과로 발동될 거 같다. 딱 그런 느낌이다. 그래서 한 번 같이 착용해 봤다.

'맞나?'

알림이 들려왔다.

-성검 세니아를 확인합니다.

달빛 하모니카를 활성화시키는 조건도 달빛 피리와의 입맞춤 아니었던가.

-숨겨진 조건을 만족하였습니다.

3) 세트 스킬 '달빛의 연인' 사용 가능

　달빛의 연인: 모든 M/P를 소모하여 두 가지 효과를 발생시킴. 신급 이하의 모든 상황에서 적용

　쿨 타임: 24시간

　-전투 중: 10분간 전투 중지

　-비전투 중: 모든 마법/스킬효과 해제

'맞네.'

별로 어렵지 않았다. 처음 상세설명을 확인한 후로 30초가

채 되지 않아서 알아차렸으니까.

'달빛의 연인?'

스킬명치고는 지나치게 로맨틱한 것 같기는 했다.

'연인하면 또 우리 세송이지.'

세송이를 한번 봤는데, 어제도 예뻤지만 오늘은 더 예뻤다. 아마도 내일은 더 예쁠 예정이고.

'전투 시에는 전투 불능 상황을 만들고⋯⋯. 비전투 시에는 모든 마법/스킬 효과를 해제라.'

확인 한번 해보기로 했다. 천세송에게 버프를 몇 개 걸었다. 혹시 몰라 앱솔루트 네크로맨서의 사령술에도 적용되는지 확인하기로 했다.

"마리안. 언데드 몇 마리 불러봐."

-특수한 조건을 만족하였습니다.

-스킬. 달빛의 연인을 사용할 수 있습니다.

-스킬. 달빛의 연인 사용등록이 완료되었습니다.

-스킬. 달빛의 연인을 사용합니다.

그랬더니 재미있는 일이 벌어졌다.

신실한 처단자 다르크. 인형술사 Siri. 그들은 검은 잿더미를 얻을 수 있었다.

Siri가 인벤토리를 확인했다.

<쿠로스 여신의 시체>
질투의 여신 쿠로스의 시체. 강력한 저주의 힘이 느껴진다.

-좋군. 수거는 완료했어. 빠져나가기만 하면 돼.

좋았다. 애초에 목표가 바로 이 쿠로스의 시체였다. 바로 빠져나가려고 했는데 불가능했다. 다르크가 걱정이 된 듯 물었다.

-그런데…… 이상하게 시간이 많이 지체되는 느낌인데요. 뭔가 놓치고 있는 거 아닌가요?

-그다지. 절대악이 마지막 퀘스트까지 클리어했으니 우리도 탈출할 수 있을 거야.

다르크는 못내 불안했다. 어차피 전면전에서는 못 이긴다. 뒤통수를 쳐야 그나마 이길 수 있는 가능성이라도 있다. 그는 알고 있다. 절대악이 얼마나 사기적인 클래스인지. 현실과 연동되어 있는 게임이 아니었다면 밸런스 붕괴로 진작 때려치웠을 정도다.

-근데…… 괜히 불안하네요.

-걱정도 많군. 남자 새끼 배포가 그렇게 작아서 되겠어?

여태까지 안 걸리고 잘 따라왔는데. 하물며 보스 몬스터였던 질투의 여신 쿠로스도 자신들의 존재를 몰랐는데 이제 와서 걸릴 수는 없었다.

절대악이 갑자기 엄청나게 강력해졌다거나 특별한 힘을 얻은 게 아니라면 말이다.

-그래도……

-아빠가 준 아티팩트야. 걸릴 리 없고. 걸릴 수도 없어. 절대악이 강력하기는 하지만……. 신급 이상의 힘을 자유자재로 사용하는 건 아니니까.

Siri는 사실 절대악이 강력하다는 사실도 인정하고 싶지 않았다.

저놈은 악의 원흉이며 쓰레기다. 신귀족 프로젝트를 철저하게 말아먹고, 대한민국을 완전히 손에 넣기 일보 직전의 태르민 일가를 음지에 몰아 넣어버렸다.

-보니까 뭔가 하는 거 같은데요.

-시끄러워. 쓸데없는 소리 하지 말고 탈출이나 기다려.

3충성은 회의감에 빠졌다. 자아성찰을 해야만 했다.

-3충성 님. 고맙습니다. 한 건 했네요.

그 말에 어찌나 흥분했던지. 다시 한번 마음을 다스렸다.

그래. 나는 잘했고. 그러니까 고맙다는 말을 들었을 뿐이다. 내가 특별히 좋아할 이유는 없는 것이다.

'쟤는 절대악의 여친이니까.'

그러니까 저렇게 행복한 눈으로 절대악을 바라보고 있는 거지. 나는 아니다. 아니어야만 했다. 그렇게 마음을 다잡던 그 시점. 그 시점에 한주혁이 '달빛의 연인'을 사용했다.

-스킬. 달빛의 연인을 사용합니다.

-비전투 상황입니다.

-모든 마법/스킬 효과가 해제됩니다.

누군가 모습을 드러냈다. 3충성이 그들을 발견했다.

'잘해야 한다!'

보아하니 성좌들이었다. 성좌 두 명. 성좌 두 명이 여기에 언제 어떻게 들어왔는지는 알 바 아니었다.

3충성의 무의식이 이렇게 생각했다.

'한 건 또 하고 싶다!'

의식과 무의식이 따로 놀았다. 의식은 '나는 절대악의 칭찬 따위 필요 없어'라고 주장했지만, 무의식은 '나는 절대악한테 칭찬받을 거야!'라고 주장했다. 만약 인터넷상에서 누군가가 3충성의 무의식을 설명했다면 이렇게 설명했을 것이다.

-나는 절대악한테 칭찬받고 시포.

어쨌든 3충성은 저 두 명의 성좌가 절대악에 의해 박살이 날 것이라는 것은 예상했다. 박살이 나긴 나는데 그다음 자신의 행동이 매우 중요할 것이다.

최종 퀘스트 클리어 보상으로 인하여 레벨업을 했고 새로운 스킬도 얻었다. 이 스킬을 잘만 활용하면 절대악에게 또 도움이 될 수 있을 것 같다.

Siri는 적잖이 당황했다.

"뭐, 뭐지?"

한주혁은 딱히 당황하지는 않았다.

"음."

뭐라고 말을 해야 할지는 모르겠지만.

"하이?"

오른손을 들어 올렸다. 마치 반가운 친구들을 만난 것 같았다. 물론 상대들. 그러니까 다르크와 Siri의 표정은 완전히 반대였다.

-절대로 안 들킨다면서요!

⋯⋯.

절대로 안 들킨다고 그렇게 호언장담했으면서. 바로 걸렸다. 다르크가 물었다.

-어떡해요?

Siri라고 해도 딱히 어떻게 할 방법은 없었다. 표정이 구겨졌다. 표정은 구겨졌고 몸은 굳었다. 절대악은 반가운 친구를 만난 것처럼 정말 반갑게 얘기했다.

"어디 숨어 있었나 궁금했는데. 바로 옆에 있었네. 어떻게 심안과 광역탐지에 안 걸렸는지는 모르겠지만."

"……."

이거. 시간이 그렇게 많지 않을 거 같다. 느낌상, 곧 던전에서 탈출하게 된다.

'세송이의 사령술마저도 무위로 돌려 버리네.'

모든 마법/스킬 효과를 없애 버린다. 버프와 사령술까지도. 말하자면 강제 평화모드에 들어서게 된다. 과연 신급 아이템 두 개가 만나서 이루어낸 효과다웠다.

"인형술사의 본신을 드디어 보네."

말은 길지 않았다.

"말은 멀고 주먹은 가까운 거 알지?"

일단 냅다 달렸다.

-스킬. 파천보법을 사용합니다.
-스킬. 악의 결계를 사용합니다.

엄청난 속도로 거리를 좁힌 한주혁이 주먹을 휘둘렀다. 인형술사 Siri는 생각했다.

'소용없다!'

생각만 그렇게 했다. 소용 있었다. 그것도 아주 많이.

퍽!

226 마법 플레이어 15

커다란 소리와 함께 한주혁에게 알림이 들려왔다.

-플레이어를 사살하였습니다.

위명으로 인하여 플레이어 사살 시 페널티도 없다.

"죽어도 말은 가능하잖아?"

도망치지 못하게 기회 있을 때 일단 죽여야 된다. 하물며 인형술사 Siri처럼 본신은 멀리 두고 인형으로만 움직이는 놈들은 더 빠르게 잡아야 한다.

Siri가 귓말로 다급하게 말했다.

-시체만은 무조건 지켜. 죽어도 되니까.

다르크는 여태껏 한 번밖에 안 죽었다. 유리아나 채순덕과는 달랐다. 아직 기회가 있다는 얘기다.

-네.

신실한 처단자, 다르크. 다르크는 성좌들에게 매우 강력한 힘과 상성을 가진다.

"절대악. 우릴 이토록 자극한 것을 후회할 것이다."

Siri가 죽으면서 시간을 벌어줬다. 이쪽도 저쪽을 칠 수 있다는 것을 보여줘야 했다. 절대악이야 워낙에 사기 클래스니까 그렇다 치더라도.

'배신자 7번 성좌.'

그리고 별 허접 같은 것이 운 좋게 성좌의 자리를 얻게 된 1번 성좌 루펜달까지. 저 둘은 지금 이 자리에서 처단할 수 있을 것이다. 그것도 델리트로.

'특히 7번 성좌는 네놈의 친동생이라 했지?'

평생 자책하며 살아라!

-스킬. 처형의 장을 사용합니다.

사용하기만 했다. 발동은 안 됐다.

"왜? 뭐 하게?"

한주혁의 주먹이 다르크를 스쳤기 때문이다. 한주혁이 주먹이 다르크를 스쳤고 다르크는 스킬 발동도 못한 채 그대로 잿더미가 되어버렸다. 스킬 한 번 제대로 사용할 시간도 없었다. 그냥 죽었다.

Siri는 체념한 듯 말했다.

-······시체만 지키면 돼.

-놈은 풀카오입니다. 게다가 우리는 영웅 칭호를 가졌고. 아이템 드랍은 죽어도 안 될 겁니다.

물론 틀렸다. 한주혁은 이제 카오가 아니다. 세상 사람들이 잘 모를 뿐 위명을 가지고 있어서 이제 영웅으로 격상됐다. 카오 페널티 따위. 하나도 없다.

"자. 그러면 여기서 뭘 하고 있었는지. 진실된 얘기를 한번 해볼까?"

전투 결과창도 업데이트됐겠다. 구마도스 장갑에 고통찔레 꽃을 묻혔다.

"루나. 얘네 살려."

델리트 시 부활은 한 번에 불과하지만, 델리트가 아닌 일반 사망의 경우 계속해서 살려낼 수 있지 않은가.

한세아도 신났다. 오빠의 저 표정. 참 좋다. 사악한 게 아주 마음에 든다.

Siri는 귓말로 계속해서 오더를 내렸다.

-어차피 던전은 곧 끝난다. 그 타이밍에 맞춰 강제 로그아웃 할 수 있을 거야. 시체만 잘 지켜. 강제 로그아웃 준비.

-알겠습니다.

-이것만 있으면 돼. 지금의 치욕은 나중에 갚아주면 된다. 개돼지는 아무리 잘나도 개돼지라는 사실을 반드시 알게 해 줄 거야.

그때 칭찬을 열망하는 무의식을 가진 3충성의 눈이 번뜩였다. 칭찬받고 싶다는 그 열망이 3충성의 기감을 날카롭게 했고 정열적인 매지컬 콜렉터로 만들었다.

'이때다!'

3충성이 무언가를 사용했다.

3충성은 아까 처음 봤다. 절대악이 M/P포션을 사용하는 것을. 파란색 희미한 빛. M/P포션 사용 이펙트가 떴다.

'절대악이 M/P포션을 빨았을 정도로.'

그만큼 아주 중요한 상황.

'이건 어마어마한 상황이다!'

그는 절대악이 M/P포션을 사용하는 것을 단 한 번도 본 적이 없다. 인터넷 논객인 3충성은 절대악의 M/P회복 속도가 엄청나기 때문이라고 판단하고 있는 중이다.

'그래……!'

이렇게 중요한 상황에서.

'내가 뭔가 한 건을 한다면!'

그렇게만 된다면.

'나도……!'

그의 무의식은 그의 의지를 지배했다.

'펫 1호가 될 수 있는 것 아니겠는가!'

물론 의식은 그렇게 생각하지 않았다. 지금의 3충성은 강렬한 무의식이 이끄는 대로. 무의식의 흐름대로 행동하고 있는 중이다.

-스킬. '매지컬 스틸'을 사용합니다.

약간 복불복에 가까운 스킬이다. 매지컬 스틸은 두 가지 중 하나를 선택할 수 있다.

-'매지컬 스틸'의 룰렛을 활성화시키겠습니까?

-'매지컬 스틸'의 '최근 획득 아이템을 타깃팅 기능'을 활성화시키겠습니까?

둘 중에 하나다. 룰렛을 활성화시켜서 아이템을 훔쳐온다. 이건 정말 복불복이다.

정말 운이 좋은 경우, 굉장히 좋은 아이템들 여러 개를 스틸할 수 있다. 운이 나쁘면 정말 쓰레기 같은 아이템을 스틸할 수도 있다. 이건 운이다.

'나는 인터넷 논객.'

지극히 상식적이고 당연한 논리를 따라가기로 했다.

'성좌들은 고수다.'

고수들은 아주 필요한 아이템들만 들고 다니게 마련이다. 잡템은 잘 안 든다.

'그중에서도⋯⋯.'

그중에서도 가장 좋은 아이템은 가장 최근의 아이템일 확률이 높았다.

'최근의 아이템을 고르면⋯⋯!'

최근에 얻은 아이템 3개 중 하나를 골라 빼앗아올 수 있다. 이것 역시 랜덤이다. 다만, 스틸 성공 확률은 룰렛보다는 훨씬 높았다.

룰렛을 돌리면 대박이 가능하다. 그러나 그는 인터넷 논객. 논리적으로 생각했다.

'확률이 낮은 대박보다는 확률이 높은 중박을 노린다!'

원래 그렇게 시작하는 것 아니겠는가.

머릿속으로는 '난 펫 1호 따위에 절대 열광하지 않겠다'라고 애써 생각했지만 그의 무의식은 이미 펫 1호의 자리를 향한 강렬한 열망에 휩싸인 상태다.

'나는……!'

-'최근 획득 아이템을 타깃팅 기능'을 선택하였습니다.

최근 얻은 아이템들을 타깃팅하기로 했다.

'좋아. 나와라!'

나와라. 좋은 아이템. 이걸 빼앗는 거다. 훌륭한 아이템이 나왔으면 좋겠다.

-대상 아이템들을 확인합니다.

그런데.

'뭐야, 이거?'

알림이 들리지는 않았지만.

'레벨 역보정 받는 느낌인데.'

아무래도 그런 느낌이 든다. 느낌이 아니라 확신이었다. 성좌의 레벨과 자신의 레벨이 너무 많이 차이 나서 '매지컬 스틸'

이 제대로 발휘되는 것 같지가 않았다.

'안 돼!'

그의 무의식이 갈망했다. 나는 반드시. 반드시 펫 1호가 되어야 한단 말이다. 저 재수 없는 루펜달을 젖히고서.

-기이한 열망을 확인합니다.
-축하합니다!
-매지컬 콜렉터의 히든 피스 한 조각을 완성시켰습니다!

제2대 매지컬 콜렉터. 3충성의 몸에서 금빛이 번쩍였다. 루펜달은 그런 3충성을 보면서 또 흐뭇하게 웃었다.

'그래그래.'

그렇게 내 길을 따라오는 거지.

'기이한 열망 히든 피스겠지?'

이건 일부러 말해주지 않았다. 이건 의식하는 순간 만족시키지 못하는 히든 피스니까.

'어떤 대상에게 강렬한 열망을 가지면 가질수록! 매지컬 콜렉터의 힘은 강력해진다! 3충성! 너도 내 길을 따라라! 할렐루야 형멘을 외쳐라!'

루펜달이 이 히든 피스를 발견했던 것은 순전히 우연이었다. 어찌어찌하다 보니 알게 됐다. 기이한 열망. 이것은 수집은 물론이거니와 스틸 등의 보조 스킬에도 굉장한 영향을 끼친다.

3충성에게 알림이 들려왔다.

-'기이한 열망'이 활성화되었습니다.
-'기이한 열망'의 활성화 조건은 '타인을 위한 배타적인 갈망'입니다.

3충성은 그 알림을 제대로 이해하지 못했다.
'타인을 위한 배타적인 갈망?'
말하자면 남을 엄청나게 생각하고 배려하는 열망을 가졌다는 거 아니겠는가.
'내가 언제?'
그는 그의 무의식을 제대로 파악하지 못했다. 알림이 이어졌다.

-축하합니다!
-매지컬 콜렉터의 진정한 힘을 발견하였습니다!
-매지컬 콜렉터는 자신의 욕심을 채우는 클래스가 아닙니다.

진부하기 짝이 없는 클래스 설명이 이어졌다. 대부분의 게임에서 그냥 스킵해 버리는, 쓸데없는 설명들.
한주혁이라면 대충 듣고 다 기억했겠지만 3충성은 아예 듣지도 않았다.

'결론만 말하자면…… 매지컬 콜렉터는…….'

아이템을 수집하고 타인의 아이템을 훔쳐오는 특수 클래스인데, 그 동기가 '타인을 위한 배타심'이 있어야 한다는 것이다. 여기서의 '배타심'은 시스템이 결정하는 것이고.

'아. 그래서.'

그래서 루펜달이 이토록 미친 듯이 절대악을 찬양했던 건가.

원래 말하는 대로 생각하고 움직이는 법이다. 형렐루야 형멘을 외치며 스스로를 세뇌했던 거 아닐까. 기이한 열망과 열정을 품기 위하여.

-진정한 매지컬 콜렉터로서의 첫 발자국을 떼었습니다!

-모든 스킬의 능력치가 대폭 상승합니다!

-기이한 열망의 크기가 커지면 커질수록 매지컬 콜렉터로서의 능력은 강력해집니다!

이것뿐만이 아니었다.

-첫 발자국 특전이 주어집니다!

-첫 발자국 특전으로 인하여 현재 사용 스킬의 능력치가 상향 조정됩니다.

현재는 '매지컬 스틸'을 사용하고 있는 중.

-'매지컬 스틸'의 성공 확률이 100퍼센트로 증가합니다.

-'매지컬 스틸'의 타깃팅이 완료되었습니다.

-'매지컬 스틸'의 타깃팅 대상은 가장 최근에 획득한 아이템으로 상향 설정됩니다.

3충성이 눈을 크게 떴다.

'좋다!'

그렇다면 나도.

'형렐루야 형멘!'

아직 쑥스러워서 제 입 밖으로 내지는 못했다.

'이건 내가 기이한 열망의 수치를 높이기 위해서다……!'

그의 의식은 그의 무의식을 애써 합리화했다. 내가 이토록 절대악에게 잘 보이고 싶은 것은, 절대 펫 1호를 탐닉해서가 아니다.

내가 이러는 건 '기이한 열망' 수치를 높이기 위해서다. 그래야 매지컬 콜렉터로서 대성할 수 있으니까! 그는 애써 그렇게 합리화했다.

-아이템을 획득하였습니다!

-인벤토리를 확인하시겠습니까?

인벤토리를 확인했을 때.

'이런 씨팔.'

그는 절망할 수밖에 없었다.

'뭐냐, 이건?'

정말 쓰잘머리 없어 보이는 아이템이 들어와 있었다. 아니, 그의 상식으로는 이걸 아이템이라고 부를 수 있을지조차도 애매했다.

'쿠로스의 검은 잿더미?'

아니. 저 새끼들은 이딴 걸 왜 들고 다니는 거야. 절대악한 테 잘 보여야 하는데. 신급 아이템 같은 걸 떡하니 스틸해서 보여줘야 매지컬 콜렉터로서 위용이 사는데.

'……망했다.'

아무래도 망한 거 같다.

그 시점까지 그는 그렇게 생각했다.

한주혁이 중얼거렸다.

"쩝. 아쉽네."

한세아가 물었다.

"더 못 때려서?"

"어. 타이밍 기가 막히게 로그아웃으로 튀었어. 하필이면 거기서 안전지대가 활성화되다니."

"원래 던전 나오고 들어갈 때는 플레이어 보호를 위해 안전지대가 설정되는 게 정상 아니야?"

"뭐 그렇긴 하지만."

그렇긴 하지만 성좌 놈들이 도망쳐 버렸다. 결과는 나쁘지 않았다. 전투 결과창이 새로이 업데이트됐다.

루펜달은 속으로 생각했다.

'아니. 저 새끼가!'

분명 히든 피스를 만족하는 것을 봤다. 특유의 이펙트가 발생했었다. 그러면 특전으로 인하여 분명히 뭔가를 얻었을 텐데. 입을 싹 닫고 있지 않은가.

'형님께 뭔가를 숨겨?'

안 되겠다. 저놈이야말로 존나 맞아봐야 정신을 차리겠다.

"형님. 구마도스 장갑에 묻은 고통찔레꽃. 이 새끼를 존나 패야 할 거 같습니다."

"음?"

3충성은 억울했다. 손사래를 쳤다. 그는 고통찔레꽃의 위력에 대해 안다. '인내'라는 특수값이 붙어서 고통을 많이 못 느끼기는 하지만, 그래도 고통찔레꽃은 무섭다. 하물며 절대악의 주먹에 묻은 고통찔레꽃은 공포 그 자체다.

'저 주먹에 맞으면 죽는다.'

어쩌면 현실의 몸이 박살 나지는 않을까. 그런 원초적인 공포감에 물들었다.

"루, 루펜달! 나를 음해하지 마라! 나는 절대악을 위해 일한 것밖에 죄가 없다!"

루펜달이 코웃음 쳤다.

"형님. 이 새끼. 마지막에 성좌들한테서 뭔가 스틸했습니다. 근데 입 싹 닦고 있습니다. 엄청 좋은 건가 봅니다."

3충성은 대단히 억울해졌다.

"아닙니다!"

크게 외쳤다.

"성좌 그 쓰레기들이 제게 똥을 줬기 때문입니다!"

"……똥이요?"

그렇다. 이건 똥이다. 기이한 열망이라는 히든 피스까지 만족시켜 가면서 움직였는데. 정말 열심히 했는데. 결과는 이런 똥으로 돌아왔다.

"저는 결백합니다."

그러고서 바로 한주혁에게 아이템을 전송했다. 매지컬 콜렉터는 자신의 인벤토리에 있는 물건을 타인에게 옮기는 것이 가능했으니까.

"이겁니다. 이 쓰레기를 스틸했습니다."

한주혁이 확인해 보니.

'질투의 화신 쿠로스의 시체?'

쿠로스의 시체였다. 다만 설명이 조금 바뀌어 있었다.

'질투의 여신이 아니라. 질투의 화신?'

여신과 화신은 완전히 다르다. 여신이라 함은 '신급'이라 할 수 있었지만 화신이라 함은 '신급'이라고 표현하기에는 애매했으니까.

'성좌들이 이것을 얻기 위해 몰래 이곳에 들어왔던 건가.'

그들의 표정이 심상치 않기는 했다. 귓말로 무언가를 쑥덕거리는 것이 분명했었다.

'왜 굳이 쿠로스의 시체를 수거했지?'

아무래도 뭔가 있는 것 같았다.

"잘했어요. 3층성 씨."

그 말에 3층성은 왈칵 눈물을 쏟을 뻔했다. 잘했다는 저 말이 왜 이렇게 고마운지.

"거 봐라! 나는 죄가 없다. 이……!"

무슨 욕을 해야 효과적일까. 그의 무의식이 그의 입을 움직였다.

"이 펫 2호 자식아! 아니! 이 펫 3호!"

절대악이 조해성을 공식적으로 지지한 이후. 이미 대통령 선거는 의미가 사라져 버렸다. 여론조사 결과. 70퍼센트의 압도적인 지지율.

조해성 스스로도 얼떨떨했다.

"……믿을 수가 없습니다."

다른 후보들은 자포자기했다. 절대악의 힘이 강력하다는 건 알았지만 이 정도일 줄은 미처 몰랐다. 그들은 참모진들끼리 작전을 새로 세워야 했다.

"우리는 대통령 선거에서 승리하는 게 아니라……. 대통령 선거 이후 어떻게 살아남느냐가 중요합니다."

"줄을 어떻게 대야 할지. 잘 생각해야 합니다."

이미 한국의 대통령은 조해성으로 내정됐다. 그건 팩트다. 유력한 대통령 후보였던 자유당의 황준성은 황당해했다.

"예상하기는 했지만 절대악의 힘이…… 이 정도일 줄이야. 끔찍하다, 끔찍해. 이게 무지한 좌파들이지. 포퓰리즘이나 내세우며 꿈같은 소리나 지껄이는 절대악을 이렇게 추종하니 원."

이건 거의 사이비 종교 수준이다. 무슨 밥 한번 먹고 커피 한 잔 마시고, '나 얘 지지해' 정도 말했다고 해서 지지율이 70퍼센트에 육박한단 말인가. 이게 말이나 되는 소리인가.

어쨌든 그 말이 안 되는 일이 한국에서는 실제로 벌어졌고 2주가 흘러 대통령 선거가 진행되었다. 75퍼센트의 득표로 조해성의 압승. 39세의 젊은 나이로 무소속의 조해성이 대통령으로 당선되었다.

헐렐루야 연합의 게시판에서는 난리가 났다.

-이게 바로 형느님의 위엄이지.

-이게 형렐루야 형멘이다!

이게 절대악의 위엄 아니겠는가.

-대통령도 말 한마디면 바꾼다.

이 정도면 실질적인 대통령은 절대악 아닌가. 단순히 지지선 언을 했더니 지지율 0프로에 가까웠던 후보자가 겨우 5주도 안 되는 짧은 시간 동안 70퍼센트가 넘는 득표율을 기록했다. 이 건 전 세계 역사를 뒤져봐도 유례가 없는 특이한 현상이었다.

-말도 안 되는 현상이기 때문에 절대악 폭풍이다.

물론 비판적인 시각도 많이 존재했다. 대통령 하나 바뀐다 고. 뭐가 그렇게 달라지겠냐. 어차피 정치하는 놈들 다 그놈이 그놈이다. 한 번 속지 두 번 속냐. 그런 의견도 많이 있었다.

조해성의 대통령 취임 직후. 전에는 없었던 일들이 벌어지 기 시작했다. 그 일들과 관련하여 란돌은 이렇게 표현했다.

"절대악 핵폭풍이 한반도에 재상륙했군요."

9장
뻗쳐오는 제국의 손길

한주혁은 이번 루프라 던전을 클리어하면서 유무형적인 이득을 많이 취했다.

성좌 두 명을 한자리에서 그다지 어렵지 않게 죽일 수 있었으며, 신급 아이템인 루폰테의 목걸이까지 얻을 수 있었다.

그리고 세계 12대 초인에 관한 설정을 일부 엿볼 수 있었으며, 그 12대 초인 중 두 명에게 충성 서약서까지 받아낼 수 있었다.

천세송이 물었다.

"성좌들끼리 클리어하면 난이도가 훨씬 낮겠죠?"

"그렇지 않을까?"

요즘 천세송은 신났다. 올림푸스 플레이보다 현실의 일이 더 좋다. 그녀는 요즘 강재명이 주선해준 웨딩 플래너와 함께 한주혁과의 결혼을 준비하고 있다.

어차피 필요한 모든 것들이 다 구비되어 있기 때문에(대저택, 혼수, 기타 등등) 사실 크게 준비할 것은 없긴 했지만, 그래도 결혼을 준비하는 그 과정이 천세송에게는 행복이었다.

"하기야. 우리 오빠도 이렇게 머리 써가면서 힘들게 클리어하는데…… 성좌들이 무슨 수로 그런 던전을 클리어하겠어요?"

"네 기르카투가 없었으면 힘들었어."

천세송은 기분이 굉장히 좋아졌다. 오빠한테 도움이 될 수 있다니.

그녀는 방긋방긋 웃었다.

"내조 열심히 할 거예요."

한주혁은 그런 천세송이 귀여워 죽겠다는 듯, 사랑 가득한 눈길로 쳐다보다가 머리를 슥슥 문질렀다.

"나도 외조 열심히 할게."

"오빠랑 맨날 맨날 같이 있고 싶다."

"이미 맨날 같이 있잖아?"

신변보호를 위하여 현재 한주혁의 대저택에서 같이 살고 있지 않은가. 사실 집이 너무 커서 같이 사는 의미가 별로 없긴 하지만.

"그래도 맨날 맨날 같이 있고 싶어요. 병원 같은 데 가면 이 남자가 내 보호자다. 이렇게 당당하게 얘기하고……."

"……병원 갈 일 있어?"

대저택에는 의료진이 항시 대기하고 있어 병원 갈 일 없다.

"어쨌든 결론은 오빠가 내 보호자. 내가 오빠 보호자. 법적으로 얼른 도장 쾅쾅 찍고 싶단 뜻이에요."

한주혁과 천세송은 도란도란 이야기꽃을 피웠다. 둘은 똑같이 생각했다. 별거 하지 않아도, 그냥 서로 얘기만 하고 있어도 참 좋다.

천세송이 얘기했다.

"그런데 어째서 쿠로스를 언데드화할 수 있었을까요?"

처음에는 그게 안 됐었는데 성좌에게 넘어갔다가 돌아오자 그게 가능해졌다.

"글쎄. 소유권이 성좌에게 최소 한 번은 넘어갔어야 제약이 풀리는 거 아닐까?"

"그렇겠죠?"

처음에는 분명 언데드화가 불가능했었다. 그런데 3충성이 성좌로부터 시체를 스틸한 이후로는 언데드화가 가능해졌다.

"특수 능력도 되게 재미있는 거 같아요."

질투의 여신 쿠로스. 이제는 '질투의 화신'이 된 쿠로스는 언데드가 되어 앱솔루트 네크로맨서의 권속이 되었다. 쿠로스의 전투능력 자체는 보잘것없었지만.

"신성 계열의 모든 개체에게 강력한 디버프라니."

이건 말 그대로 신성 속성. 그러니까 성좌로 대표되는 모든 것들의 카운터 아니겠는가.

"거기는 성좌 전용 던전이었고……. 그래서 네가 사령술을 성공시키지 못했던 거겠지. 명색이 성좌 던전인데 앱솔루트 네크로맨서에게 도움이 되면 안 되잖아?"

천세송은 반박하고 싶기는 했다. 음. 아니던데. 우리한테 엄청 도움 되던데.

'물론 오빠가 짱짱 세서 그런 거긴 하지만.'

절대악 아니었으면 그런 난이도의 던전. 누가 클리어나 할 수 있을까. 천세송의 머릿속에서, 모든 얘기가 결국 우리 오빠 최고로 이어졌다.

한주혁이 말을 이었다.

"그랬는데 성좌놈들이 시체를 얻게 되었고. 그에 따라 던전의 보호값이 사라진 거야. 결과적으로는 성좌에게 카운터를 먹일 수 있게 된 거지."

보통 악/마 속성은 강력한 힘을 가지지만 신성 계열 속성에 대하여 취약한 모습을 보인다. 그런데 이제는 악/마 속성에 해당하는 천세송이 신성 속성에 큰 피해를 입힐 수 있게 된 거나 다름없었다.

한주혁은 잠시 생각했다.

'성좌들이 왜 여기까지 들어와서 그 시체를 수거했지?'

분명 모르는 뭔가가 있다. 성좌들은 자신 앞에 모습을 드러내는 것을 극도로 꺼린다. 걸리면 죽는다는 것을 알기 때문이다. 그래서 열심히 도망쳐 다니고 있다. '악의 추적'을 피하면서.

'내게 들킬 수도 있다는 위험을 감수하면서까지 루프라 던전에 들어온 이유.'

그것을 알면 더 좋을 거 같다.

'뭐. 차차 알게 되겠지.'

물론.

'몰라도 크게 상관은 없겠지만.'

성좌들은 정공법으로는 자신을 어떻게 할 수 없다는 걸 안다. 변수라고 할 수 있는 태르민은 극도로 조심스러운 성격인지 제대로 움직이지 않았고, 일반 성좌들은 뭘 준비하든, 루펜달의 표현을 따르자면 '그냥 존나 패면' 됐다.

천세송과 한주혁이 이야기를 나누고 있을 때. 노크 소리가 들려왔다. 한세아였다.

"……오빠!"

"어?"

"조해성 아저씨. 대통령 된 건 알지?"

"당연히 알지."

한주혁은 정치에 큰 관심은 없다.

그래도 이 정도는 안다. 바로 어제 조해성이 대통령에 당선되었다. 압도적인 득표율로.

사실상 한국의 대통령은 조해성이 아니라 절대악이라는 의견도 많기는 많았지만 그런 것까지 일일이 신경 쓰지는 않았다.

"원래 대통령 취임하면 각국 정상들이랑 전화로 얘기하는 게 일반적이라며?"

"그렇…… 지?"

사실 잘 모른다. 그냥 그런 기사가 나오면 그런가보다 할 뿐.

"근데 이번에 세계 정상급 사절단들이 속속들이 인천공항에 입국하고 있대."

"……왜?"

"대통령 취임 축하하려고."

보통은 전화로 얘기한다. 그런데 이번에는 각국 부통령급에 해당하는, 상당히 높은 고위직 관리들이 한국으로 즉시 파견되었다.

"내가 뉴스 보니까 이런 거는 애초에 계획을 짜서 스케줄을 미리 빼놓아야 가능한 거래. 엄청 높은 사람들이라서."

"……."

천세송이 눈을 동그랗게 떴다.

"그렇게 높은 사람들이 대통령 취임 축하를 하려고 발 벗고 먼저 나서서 한국을 찾아온 거네?"

"맞아. 근데 이런 이유는 세송이 너도 알다시피……."

"오빠 때문이죠?"

이 정도는 국제정세나 한국의 상황에 크게 관심이 없는 어린애들이라도 다 안다. 한국의 대통령은 절대악이 공식적으로 지지하고 있는 대통령이다.

한세아가 호들갑을 떨었다.

"사람들 지금 엄청 난리야. 국격 높아지는 소리가 들린다나 뭐라나."

한세아가 보기에 국격 높이는 거. 별로 어려운 게 아닌 거 같기도 했다.

그냥 절대악이 지지하는 대통령이 대통령에 있으면 되는 거 같다. 여태까지 그 어떤 나라가 한국의 대통령에게 이토록 예를 다했던 말인가.

"이후에 있을 모든 외교협상에서도 한국의 입김이 엄청나게 강해질 거래."

한주혁은 괜히 민망해졌다. 아니, 나쁜 얘기는 아닌데. 좋은 얘기긴 한데. 뭐랄까. 사람들이 조해성보다도 절대악에 더 집중하는 것 같아서 약간은 부담스럽다고나 할까.

란돌도 이러한 현상을 일컬어 '절대악 핵폭풍'이라고 표현했다. 한국은 이제 더 이상 세계열강들 틈바구니에 끼인, 그럭저럭 잘 살긴 하지만 자기 목소리는 잘 못 내는 나라가 아니었다. 당당히 세계열강들 사이에서 목소리를 낼 수 있는 외교적 입지를 가지게 됐다.

기록이 사라진 '잃어버린 문명' 이전에도, 그리고 잃어버린 문명 이후 200년 동안에도.

"역사학자들도 역사를 통틀어서 한국이 이 정도 위상을 가졌던 적은 없었다고 그러더라."

오죽하면 요즘 역사 배우는 게 재미있을 정도다.

"그나마 비견이라도 되는 게 예전 고구려 정도인데……."

사실 그것도 의미 없다. 지금 절대악의 영향력은 아시아를 넘어 오대양 육대주 전역에 골고루 뿌려지고 있을 정도니까.

"그간 있었던 국정공백을 단숨에 회복할 수 있을 거라고……. 다들 그렇게 말하던데?"

한주혁은 별거 아니라는 듯 대꾸했다.

"듣던 중 반가운 일이네."

천세송은 괜히 자기가 뿌듯해졌다. 한주혁을 계속 쳐다봤다.

보고 있는데도 보고 싶은 그런 느낌이다. 한주혁의 손을 가만히 잡아봤다.

일각에서 '세계 대통령'으로까지 표현되는 이 남자의 손은 따뜻했다.

한주혁은 세계의 이목이 한국에 쏠리는 것에 대하여 크게 신경 쓰지는 않았다.

자신에게 더해지는 각종 칭찬과 집중, 그런 것들이 아주 약간 부담스러울 뿐. 그것이 일상생활에 지장을 줄 정도는 아니었다.

조해성도 자신의 일이 바빠서인지, 아니면 한주혁을 배려해서인지 처음에 감사 인사를 한 뒤에는 따로 연락을 하지는 않왔다. 한주혁도 그게 편했다.

루프라 던전이 클리어되고 약 10일쯤 지났을 때. 세계 각국의 특사들이 한국에 머무르며 절대악과 어떻게든 끈을 한 번 대보려고 노력하고 있을 그때에, 한주혁은 새로이 만들어진 '아서 대륙'을 탐방했다.

제9장로. 팬더가 하나의 보고를 올렸기 때문이다. 그 보고에 재미있는 부분이 있었다.

"새로운 필드를 찾았습니다. 몇 가지 요건들을 만족시켜야 입장이 가능한 필드인지라……. 아직 플레이어들은 찾아내지 못한 것 같습니다."

그런데 그 필드의 이름이 특이했다. '데블 크리스탈 봉화대'라는 재미있는 이름을 가졌다.

"주군께…… 이러한 아이템이 있지 않습니까?"

그렇다. 악마의 대저택에서 아이템을 얻었었다. 이름이 '데블 크리스탈'이었다. 상세설명을 제대로 확인할 수 없었던, 어디에 쓰는지 제대로 알 수 없던 아이템.

그런데 신대륙에서 그와 똑같은 이름을 가진 필드가 발견되었다. 그것도 플레이어들은 찾을 수 없는 고난이도의 필드였다.

"좋군."

다른 곳도 아니고 무려 악마의 대저택에서 나온 던전이다.

난이도로 치자면 여태껏 클리어했던 모든 던전들 중에서도 단연코 최고로 어려웠던 던전이라 할 수 있었다. 왜냐하면 최종 보스가 데미안이었으니까. 제대로 싸웠으면 클리어 못 했을 거다. 루프라 던전도 어려웠지만 최종 보스에게 질 정도는 아니었다.

"탐사…… 가시겠습니까? 에르페스 제국령이 아니기에 장로들이 더 마음 놓고 도울 수 있을 것입니다."

최상급 플레이어 100명보다, 장로 1명이 낫다. 장로들의 능력은 최정상급 NPC 수준이었으니까.

"명령만 주신다면 원정대를 꾸리도록 하겠습니다."

그러려고 했다. 무려 악마의 대저택에서 보상으로 주어진 아이템. 그 아이템을 제대로 사용한다면 그 어떤 좋은 것이 생겨날지 모른다. 당장 원정을 가고 싶었다.

그런데 세상일이 그렇게 쉽게만 흘러가지는 않았다.

이번에는 시르티안이 보고를 올렸다. 시르티안은 푸르나와 아서 대륙을 왕래하면서 크고 작은 행정적인 일들에 관여하고 있다.

요즘 잠도 한두 시간밖에 안 잔다고 했다. 그 제자라 할 수 있는 마르칸도 다크서클이 턱밑까지 내려왔다.

한주혁이 말했다.

"직접 보고를 하러 온 것을 보면……. 제법 큰일이 있나 보네."

"그렇습니다."

중요한 얘기였다.

"에르페스 제국이 아서 대륙의 존재를 알아차렸습니다."

"이미 진작 알고 있었을 텐데?"

알기는 진작 알았을 거다. 다만 지금 와서 이렇게 언급을 한다는 것은.

"어느 정도 대공의 권력이 안정화되었다는 얘기겠군."

에르페스 제국이 약간 안정기에 접어들고 있고, 따라서 여유가 조금 생겼다는 얘기가 된다.

"그렇습니다. 그들이 아서 대륙을 시찰하겠다고 했습니다."

"시찰?"

"그들이 보기에 이득이 충분한 곳이라면 에르페스 제국령으로 두겠다고 할 것입니다."

그건 아무래도 상관없다. 에르페스 제국령이든 어떻든. 그런 건 큰 문제가 안 된다. 그런 설정이야 그냥 올림푸스 내의 설정이니까.

"다만, 그들의 파견 특사 조합이……."

한주혁이 시르티안의 보고를 듣는 순간. 두 가지를 알 수 있었다.

한주혁이 씨익 웃었다.

"……역시 그렇단 말이지."

일이 재미있게 흘러가기 시작했다.

이번에 제국에서 파견된 특사. 보통의 경우 제국에서 파견하는 특사는 황실 관리가 맡게 된다. 상대의 격에 따라 그만큼 높은 지위의 특사를 보내는 것이 일반적이다.

한주혁이 피식 웃었다.

"관리가 아닌 사제라……."

이것은 두 가지로 해석할 수 있었다.

"정식으로 특사를 파견할 수 있을 정도의 여유까지는 없다든지."

제대로 된 인력을 보내서 특사를 파견할 수 있을 정도의 여유. 그 정도의 여유는 확보하지 못했을 수도 있다. 그러나 마냥 그런 것 같지는 않다. 슬슬 안정기에 접어드는 형국처럼 보였으니까.

"그게 아니면 나를 제대로 된 군주로 보지 않고 있다는 것을 어필하고 싶은 거겠지."

사실상 한주혁은 제국의 인정을 받은 '왕'이 아니다. '왕'은 플레이어들과는 딱히 연관이 없는 NPC다. 왕이 아니라 영주 정도 되는 NPC는 플레이어들과 접점을 갖기도 한다.

하지만 왕은 다르다. 플레이어의 수준에서 왕쯤 되는 NPC와 관계를 갖기는 거의 불가능에 가깝다. 플레이어들의 레벨은 끽해야 100도 안 되니까.

시르티안이 말했다.

"혹은 둘 다일 수도 있습니다."

"충분한 여력이 없으면서 나를 무시하기 위한 하나의 방법이 될 수 있다는 얘기인가?"

"제가 생각하기에는 단순 무시는 아닌 것 같습니다."

플레이어의 힘으로 대륙을 창조했다. 제국의 입장에서도 마냥 무시할 수는 없을 것이다.

"단순 무시라기보다는…… 척결의 대상인지 아닌지를 판가름하기 위한 일종의 시험무대일 확률도 있을 것 같습니다."

한주혁이 피식 웃었다.

"에르페스 제국은 신성 계열 클래스에게 매우 우호적인 스탠스를 취하고 있으니까."

신성 계열 클래스에 매우 우호적이다. 더더군다나 지금 패권을 갖고 있는 '대공'의 경우는 성좌들과 굉장히 밀접한 관련이 있을 거라고 예상까지 하고 있는 중이다.

"반대로 말하자면 나를 적으로 생각한다는 거겠지."

딱히 명분도 없고 여유도 없어서 건드리고 있지 않을 뿐.

"그럴 확률이 높습니다."

"새롭지도 않은 얘기네."

'절대악 VS 7개의 성좌 퀘스트'는 단순 단발성 퀘스트가 아니다.

결국은 대군주인 절대악의 세력과 7개의 성좌를 지원하는 제국과의 전쟁으로 이어질 것이다. 메인 시나리오 중 하나인 만큼 그 스케일이 결코 작지 않을 것이다. 그런 측면에서 제국이 이쪽을 척결 대상으로 볼 수 있다는 것은 새롭지도 않은 얘기다.

"우리는 어떤 준비를 해야 하지?"

"지금 당장 크게 준비할 것은 없을 것 같습니다. 제 예상으로는 어떤 식으로든 책을 잡을 것 같습니다."

시르티안이 조심스레 말을 이었다.

"제가 이번에 파견되는 대사제에 대해 조사를 해봤는데……."

"그랬는데?"

"뇌물을 굉장히 좋아하고 탐욕스러운 인간이었습니다."

"제국도 그 사실을 알지?"

"대공이 제법 예뻐하는 여자의 오라비입니다."

한주혁이 어깨를 으쓱했다.

"뇌물을 요구할 확률은?"

"99퍼센트입니다. 이미 뇌물을 밝히기로 소문이 파다합니다."

"제국에서도 그 사실을 알고 보냈을 테고."

간접적인 선전포고라고 봐도 되는 건가. 아니, 그렇게까지 판단하기에는 아직 섣부른 감이 있다.

시르티안이 다시 말했다.

"이는 굉장히 중요한 사건입니다. 내용물이 뭐가 됐든 제국이 직접 보내는 것이니까요. 중요한 퀘스트가 뜰 확률이 높습니다."

그리고 신경 써야 할 것이 하나 더 있다.

"제라툰은 대사제입니다."

대사제. 그 직책 자체가 중요한 것이 아니다.

"대사제는 유사시 신전의 성기사들을 소환할 수 있는 능력을 가지고 있습니다."

"성기사?"

"대사제의 능력에 따라 그 숫자가 천차만별로 달라진다고 알려져 있습니다. 대사제가 성기사들을 소환하는 경우가 흔치 않아 그 능력이 제대로 밝혀져 있지는 않습니다만……."

"굉장히 강력한 확률이 크다? 특히 악 속성의 모든 개체에게."

"그렇습니다."

이를테면 이런 거다.

일단 특사의 형태로 특사를 보냈는데. 상대가 악 속성이다. 그리고 좀 만만해 보인다. 그러면 성기사를 소환해서 이쪽을 집어삼킬 수도 있다는 시나리오가 성립된다. 그렇게 되면 그들은 새로운 대륙인 아서 대륙을 쉽게 집어삼킬 수 있다.

절대악이라는 번거로운 중간 관리자는 배제한 상태로.

"제국이 정말 여러 가지 경우를 고려한 것 같군."

"제국 입장에서는 손해 볼 것이 없는 장사입니다. 그들은 어차피 저희와 우호적인 관계를 유지할 생각이 없으니까요."

한주혁이 고개를 끄덕였다. 그러고서 말했다.

"시르티안. 사람과 싸울 때는 사람처럼 싸우면 된다."

시르티안이 한주혁을 쳐다봤다. 주군께서 갑자기 무슨 말을 하는 건지. 잘 모르겠다. 사람이랑 싸울 때 사람처럼 싸운다? 저게 무슨 말이지.

"그러면 개새끼랑 싸울 때는 어떻게 싸워야 하지?"

"······그것이······."

"개새끼처럼 싸워야지."

저쪽에서 이쪽을 먼저 얕잡아 보고 이런 술수를 부리면 이쪽도 그에 맞춰 응수해 줄 필요가 있다. 원래 논리 없는 사람이 논리적인 사람을 이기는 법이다.

"대사제가 그렇게 쓰레기라며?"

논리 따위는 없는, 여동생 덕분에 벼락출세한 대사제.

"그런 애는 논리로 못 이겨."

시르티안은 느낄 수 있었다. 지금 주군은 상당히 여유로웠다.

'과연······ 주군이시다.'

제국에서 특사를 보낸다 하면 조금은 긴장할 법도 하건만.

'내 그릇이 너무 작구나.'

이런저런 상황을 따져보고 계산해 봤을 때. 상당히 위협적인 턴 포인트가 될 거라고 지레짐작하고 겁먹었었는데. 그러지 않아도 될 것 같다. 왠지 그런 느낌이 들었다.

에르페스 제국에는 총 7명의 꽃이 있다고 알려져 있다. 사실 '꽃'이라는 것은 직책이나 지위는 아니었다. 제국에서 가장 아름다운 여자를 일컫는 말이며, 시기와 사람에 따라 7명의 꽃을 다른 사람으로 보기도 했다.

어쨌든 현재 에르페스 제국에서 가장 유명한 꽃은 바로 아일라였다.

평민 출신. 제국의 꽃이라 불리며 외모 덕분에 인생역전이 가능했던 여자. 사람마다 '7명의 꽃'을 다르게 꼽고는 하는데, 아일라만큼은 언제나 늘 7명의 꽃에 이름을 올렸다. 제국민 대부분이 아일라를 '7명의 꽃' 중 하나라고 생각했다.

그리고 그녀는 다른 이유로도 굉장히 유명했다. 바로 대공의 여자라는 점이었다. 아일라가 말했다.

"제가 오라버니를 적극 추천하였어요."

"그놈이 제법 돈이 많다지?"

"물론이어요. 플레이들 중에서 최고의 능력을 가지고 있다고 해요."

제국의 꽃. 아일라가 활짝 웃었다.

"오라버니. 이번에 꽤 많은 돈을 버실 수 있을 것 같아요."

"그럼. 그럼. 그럼. 이게 다 네 덕분이다."

"아니어요. 어릴 적부터 키워준 오라버니의 은혜인걸요."

아일라는 묘한 눈으로 오라버니인 제라툰을 쳐다봤다. 단순히 오라버니를 쳐다보는 눈빛이라고 보기에는 어딘가 묘했다. 제라툰도 그 사실을 알았다.

제라툰은 아일라의 허리를 슬쩍 잡아당겼다. 인사를 하는 것처럼, 가볍게 입술에 입술을 맞대었다.

"오라버니. 이곳은 황궁이어요. 조심하셔야지요."

우연인지 실수인지. 제라툰의 혀가 아일라의 입술을 한 번 가볍게 훑었다.

제라툰은 어깨를 가볍게 으쓱했다.

"그래. 조심해야지. 그래도 너를 보면 참기가 힘들구나."

누구라도 아일라를 보면 이런 욕정을 느낄 거라 생각했다.

"걱정 마셔요. 지금 제 몸은 대공 그 추잡한 늙은이에게 가 있지만 마음만은 오라버니의 것이니까요. 언젠가 반드시 오라 버니에게 돌아갈 것이어요. 예전처럼."

"그래. 등골을 쭉쭉 빼먹으렴. 때가 되면 우리 둘이 살게 될 날이 오겠지."

"생각만 해도 기뻐요."

대공과 처음 만났을 때. 제라툰은 아일라를 동생으로 소개 했다. 아일라를 쳐다보는 대공의 눈빛이 예사롭지 않았기 때 문이다.

'대공 그 욕심 많은 늙은이가 이토록 도움이 되는구나.'

사랑스러운 아일라를 그 늙은이에게 보내야 하는 것이 못내 마음 아팠지만 이 정도는 감수할 수 있었다.

'그래도 우리는 평생 쌓을 수 없는 부를 쌓았다.'

때가 되면 동생과 함께. 둘만의 시간을 보내며 살 수 있을 것이다.

'아일라를 내 동생으로 소개한 것이 신의 한 수였지.'

사실 동생은 아니었다. 어릴 적부터 함께 자라긴 했지만 둘은 피 한 방울 섞이지 않았다. 둘 다 어릴 적 부모를 잃었고, 어린 시절부터 제라툰이 아일라의 보호자를 자처하며 그렇게 자라왔다.

언젠가. 여유가 생기면 결혼을 해서 애도 낳고 살고 싶었는데, 그때 대공을 우연히 만나게 됐다.

대공이 아일라를 마음에 들어 하는 눈치였고, 결혼을 약속한 사이라고 말했다가는 쥐도 새도 모르게 이 세상에서 지워질 것 같아서 남매라고 거짓말했다. 그게 굉장히 좋은 수가 되었고.

"한탕. 크게 하고 오마."

그는 기본적으로 플레이어들을 얕잡아 봤다. 저희들끼리는 내가 세네, 쟤가 세네, 허세를 부리고는 있지만 NPC들의 눈으로 본 플레이어들은 그다지 강하지 않았으니까.

다시 살아나는 특수한 능력이 있을 뿐. 그들은 이 세계에 침범한 벌레들에 불과했다.

"다녀오서요."

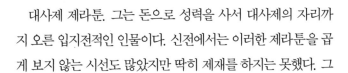

대사제 제라툰. 그는 돈으로 성력을 사서 대사제의 자리까지 오른 입지전적인 인물이다. 신전에서는 이러한 제라툰을 곱게 보지 않는 시선도 많았지만 딱히 제재를 하지는 못했다. 그만큼 제라툰이 내는 기부금이 많았을뿐더러, 제라툰 뒤에는 대공이 버티고 있었기 때문이다.

그 제라툰이 사절단을 꾸렸다.

"정말 마음에 안 드는군."

나는 무려 대사제다.

"대사제인 내가 겨우 왕도 아닌…… 플레이어 따위에게 특사로 파견되어야 한다니."

그는 이해할 수 없다는 듯 인상을 잔뜩 찡그렸다.

"대공께서 가라고 하시니 가기는 간다만."

그를 수행하는 NPC들이 잔뜩 긴장했다.

시작부터 느낌이 좋지 않다. 모양새를 보아하니 특사로 파견되는 것이 아니라, 시비를 걸러 가는 것 같았다.

"그것도 나 같은 대사제가. 절대악이라 불리는 쓰레기에게 간다는 것이…… 아주 치욕스러울 지경이야."

그러한 행태는 한주혁에게도 전해졌다. 애초에 시작부터 시비를 걸러 오는 것이 분명했다. 제국도 암묵적으로 허락한 거다.

시르티안이 말했다.

"이쪽을 떠보기 위함도 있을 것입니다."

"그래."

"천문학적인 뇌물을 요구할 수도 있습니다."

주군의 재력은 이미 유명하지 않은가. 저번에는 무려 블랙스톤 상자를 얻었다.

블랙 스톤 500개를 한 번에 얻기도 했다. 제국의 지배자인 황제의 입장에서도 눈독을 들일 수 있을 만큼. 황제도 아닌 대사제가 보기에는 굉장히 큰 부를 가지고 있다.

"그럴 수도 있겠지."

시나리오는 착실히 흘러가고 있다. 만약 제국의 특사를 홀대하거나 분쟁이 일어난다면?

분명 제국에서 문제 삼을 것이다. 억지로 명분을 쌓으려 할 것이다.

'어차피 제국과 나는 양립할 수 없어.'

자신의 클래스 자체가 그렇다. 제국과는 함께 갈 수 없는 클래스다.

"……주군께서는 어떻게 하실 생각이십니까?"

한주혁이 피식 웃고서 말했다.

"시르티안. 묻겠다."

"예. 주군."

"돈으로 평화를 살 수 있나?"

"불가능합니다."

돈으로 평화를 살 수 없다. 시르티안은 그렇게 생각했다.

"이번에 막대한 뇌물을 바쳐서 놈에게 환심을 산다고 해서. 큰 이득이 있을 거라 보나?"

"잠깐의 시간을 벌 수는 있을 것입니다."

"하지만 장기적으로 결국 제국은 우리를 용납하지 않겠지."

'스카이 데블'의 존재를 알아차리는 순간. 절대악 클래스의 뿌리를 알게 되는 순간. 그 순간이 언젠가는 반드시 온다.

이윽고 보고가 들어왔다. 곧 제국의 특사. 제라툰 일행이 도착한다는 보고였다.

한주혁이 말했다.

"우리는 이렇게 대처한다."

한주혁의 말을 들었을 때. 시르티안이 입을 쩍 벌렸다. 주군께 훌륭한 전략이 있을 거라 생각했고, 자신의 그릇 작음을 탓하며 '역시 주군이시다'라고 생각했었는데. 이 방법은 생각도 못 했다.

"……지, 진심이십니까?"

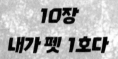

10장
내가 펫 1호다

논리력은 보통의 경우 상당한 힘을 가진다. 상대를 설득하거나 회유할 때에도 이 논리력이 빛을 발한다.

뛰어난 논리는 듣는 사람의 마음을 움직일 수 있고, 반대하는 사람을 마음속으로부터 굴복시킬 수 있다. 논리적인 사람이 말하면 많은 사람들이 듣는다.

한주혁이 씨익 웃었다.

"그런데 말이야."

논리로는 일반적인 사람들을 설득하거나 이길 수 있다.

"논리는 무논리를 이기지 못하거든."

대사제 제라툰. 그의 목적은 뻔했다.

어떻게든 이곳에서 분탕질을 치고 뇌물을 뜯어내는 것. 그것이 여의치 않을 때에는 이쪽을 악의 세력으로 몰아가서 명분을 쌓은 뒤, 성기사들을 동원하여 이쪽을 핍박하는 것.

논리는 논리를 이길 수는 있다. 하지만 무논리는 못 이긴다. 무논리를 이기려면 더 심한 무논리. 쉽게 말해 억지가 필요하다.

누가 더 뻔뻔하게 억지를 잘 부리느냐. 무식하게 자신의 무논리를 밀고 나갈 수 있느냐. 그것에 따라 승패가 달라진다.

"그런 의미에서 루펜달이 제격이지."

"하, 하지만……."

시르티안은 루펜달을 매우 좋게 본다. 말투나 행동이 경박스럽기는 하지만 그 행동의 본질마저 경박하지는 않았으니까. 어쩌면 장로 이상의 충성심과 무한한 신뢰를 가진 플레이어다. 근본은 그렇다.

'하지만…… 대사제를 상대하는 자리에…….'

루펜달이 대사제 제라툰을 상대한다?

지극히 논리적이고 이성적인 시르티안이 이것이 과연 옳은 결정인지 판단을 내리지 못했다.

'주, 주군께서 내리신 결정이다.'

자신은 결정을 돕는 자이지, 결정을 하는 자가 아니다. 주군께서는 이미 결정을 내리셨고 번복할 생각이 없으신 것 같다.

'당연히 주군께서 직접 그들을 맞이하러 나갈 줄 알았는데.'

그건 착오였다.

'하기야. 황제가 직접 온 것도 아니고.'

황제의 특사가 파견되면, 암묵적으로 최고 권위자가 나가서 맞이하기는 했지만 그것이 황명 등으로 정해져 있는 것은 아니지 않은가.

시르티안이 약간은 떨떠름해하면서 말했다.

"아, 알겠습니다. 그에 맞추어 준비하도록 하겠습니다."

제라툰은 이윽고 아서 대륙으로 이동하는 워프 포탈까지 도착할 수 있었다.

'이것들 봐라?'

보통 여기까지 오기 전에 몰래 접선하는 것이 정석 아닌가. 뒷돈을 찔러주는 게 당연히 맞는 거다. 그런데 이 절대악이라는 놈은 얼마나 오만방자한지. 아직까지 얼굴도 비치지 않았다.

워프 포탈을 관리하는 플레이어가 말했다.

"이용료는 5만 골드입니다."

"뭐라고?"

제라툰은 황당했다. 이용료? 지금 나한테 이용료를 받겠다는 건가?

플레이어는 다시 한번 말했다.

"이용료는 5만 골드입니다."

그렇게 공손하지도, 또 그렇게 무례하지도 않은, 딱 그 정도의 자세.

"다시 한번 말해봐라."

"이용료는 5만 골드입니다."

"그러니까. 내가 누군지 모른다?"

플레이어는 인상을 살짝 찡그렸다. 안다. NPC. 무슨 퀘스트인가 뭔가 때문에 오는 NPC라는데.

"모릅니다."

정확하게는 모른다. 제국에서 특사가 파견되는 것도 고위급 상위 NPC들이나 절대악의 측근 정도나 알지. 플레이어는 눈앞의 이 NPC가 상당히 높은 계급의 NPC라는 것 정도만 안다.

"그러니까 나한테 이용료를 받겠다고? 황실의 특사인 나한테서?"

"아. 황실 관리셨습니까?"

제라툰은 여전히 플레이어가 마음에 들지는 않았다. 그래도 자신이 황실의 특사인 것을 알았으니 굽실거릴 것이다. 분명히 그럴 거다. 그렇게 나와야지. 당연히 굽실거리면서 나를 떠받들어야지.

'내가 오는 것을 하급 놈들에게는 알리지 않았다?'

일단 여기서 1차로 화가 났다. 절대악 그놈. 이런 식으로 나를 엿 먹여?

거기서 1차로 화가 났는데.

"50프로 할인해 드립니다."

무료 통행도 아니고. 뇌물을 바치는 것도 아니고. 50프로

할인이란다.

"이런 쓰레기 같은 놈을 봤나!"

제라툰이 손을 번쩍 들어 올려 플레이어의 머리를 때렸다. 플레이어는 이제 대놓고 인상을 찡그렸다.

'아니. 뭐 이런 새끼가 다 있지?'

이곳 워프 포탈은 안전지대다. 공격할 수 없다. 따라서 맞더라도 고통이 느껴지지 않는다. H/P도 떨어지지 않는다. 그러나 기분은 나쁘다.

'재수 없는 NPC 많이 봤는데.'

이 정도는 처음이다. 말하려고 했다. 시바. 네가 NPC면 다냐. 그냥 꺼져. 안 보내줄라니까.

이렇게 말하려고 했는데 때마침 누군가가 워프 포탈에서 모습을 드러냈다.

플레이어가 그를 발견했다.

"어. 연합장님 아니십니까?"

한국 최대 규모의 대연합. 형렐루야의 연합장이 친히 모습을 드러냈다. 루펜달이었다.

제라툰은 한껏 거드름을 피웠다.

"모양새를 보아하니 제법 높은 놈인 것 같구나."

루펜달의 이름은 모른다. 애초에 기억하지 않았다. 자신은 무려 대사제. 플레이어의 이름 따위. 기억하는 것조차 수치 아니겠는가.

"이제야 말이 통하겠군. 그래. 내가 오는 것이 너무 빨라 이렇게 지체된 것이냐?"

그렇게밖에는 해석할 수 없었다. 자신의 이동속도가 너무나 획기적으로 빨라서, 저쪽에서 제대로 된 대응을 하지 못한 것이다. 자신을 제대로 반기지 못한 것이다.

루펜달이 씨익 웃었다.

'역시 형님 말씀이 맞구나!'

형렐루야 형멘이다. 이 상황을 눈으로 보지 않았음에도 불구하고 정확하게 예측하고 있었다. NPC의 성격과 상황 등을 토대로 하여 어떤 일이 벌어질지 미리 말을 들었는데, 그 상황과 한 치의 오차도 없었다.

"아이고. 특사 나으리께서 오셨습니까?"

"그렇다. 절대악이란 놈에게 가야겠으니. 앞장서라."

이제야 말이 통하겠군. 아랫놈들이랑 얘기하느라 피곤했는데 말이야.

루펜달이 말했다.

"오늘부터 통행료 1억 골드되겠습니다."

"……뭐라?"

"아까 공지해 놨는데 못 보셨습니까?"

제라툰의 얼굴이 붉어졌다. 이놈, 높은 놈이 아니라 미친놈인 것 같다.

"이 워프 포탈은 제 것입니다. 그러니까 이용료도 제 마음대로 책정할 수 있습니다."

"단단히 미친놈이구나!"

1억 골드? 아무래도 미친놈이 틀림없었다. 결국 그는 황제의 칙명이 담긴 종이 책자를 꺼내 들었다.

"나는 황제폐하의 명령을 받아 이곳을 시찰하러 왔다. 당장 길을 열어라!"

루펜달은 그제야 깜짝 놀란 것처럼 눈을 크게 떴다.

"화, 황제 폐하의 명령입니까?"

"그렇다!"

이미 제라툰의 자존심은 무너질 대로 무너졌다. 원래 제라툰의 '제' 자만 꺼내도 알아서 기어야 하는 것이 정상인데. 이 플레이어라는 놈들은 도무지 세상의 법도와 이치를 모르는 것 같다.

"아, 그러면 당연히 보내 드려야지요. 누군지 제대로 밝히지도 않고 마구잡이로 인신공격을 하니……. 미친놈인 줄 알았습니다."

루펜달은 공손한 척 허리를 숙였다. 땅을 보고 있는 루펜달의 입가에는 미소가 가득 새겨져 있었다.

'이 새끼. 형님의 등에 빨대를 꽂으려는 기생충 새끼!'

이놈은 안 될 놈이다. 형님께서 직접 나설 필요도 없다. 나면 충분하다.

워프 포탈을 통해 이동했다. 황제가 보낸, 더 정확히 말하자면 대공이 보낸 특사 NPC가 처음으로 아서 대륙의 땅을 밟았다.

제라툰은 뇌물을 받지 못했다는 것에 1차로 화가 났고, 워프 포탈에서 이용료를 지불하라고 강요받은 것에 2차로 화가 났고, 황제의 칙명을 꺼내는 것에서 3차로 화가 났다.

그런데 더욱 가관인 것은.

"어째서 절대악 놈이 보이지 않는 것이냐?"

절대악이 보이지 않는 것이다. 그래. 워프 포탈까지는 이해할 수 있다. 다른 왕들도 그렇게까지 하는 경우는 드물다.

"제 땅에 높으신 분께서 오시면 당연히 나타나 무릎을 꿇고 머리를 조아리는 것이 당연하지 않은가!"

"지랄."

"……뭐라?"

루펜달이 너스레를 떨었다.

"플레이어들의 언어입니다. 아무런 의미도 없는 추임새 같은 것이니 신경 쓰지 않으셔도 됩니다."

같은 시각. 한주혁에게는 알림이 들려왔다.

-퀘스트. '제라툰의 마음을 얻어라!'가 활성화되었습니다.

276 **디펜스 플레이어** — 15

쿼스트의 내용은 말 그대로 제라툰의 환심을 사라는 얘기였다. 제라툰은 지금 화가 많이 난 상태다. 어지간한 것으로는 절대악을 용서하지 않을 것이라고 설명에 나와 있었다.

'쿼스트까지 떴네.'

천세송이 물었다.

"오빠. 어떻게 할 생각이에요?"

"뭐가?"

"쿼스트까지 떴으면 다시 한번 생각해 봐야 하는 거 아니에요?"

한주혁은 천세송의 머리를 쓰다듬었다. 둘만 있을 때에는 마리안이라는 이름 대신 본명인 세송이라 부르곤 했다.

"세송아."

"네?"

"원래 쿼스트라는 건 말이야."

쿼스트는 말 그대로 쿼스트다. 클리어할 수도 있고 실패할 수도 있다.

"원래 가끔 실패도 하는 법이야."

"……."

천세송은 잠깐 할 말을 잃었다.

"……오빠가 할 말은 아닌 거 같아요."

말도 안 되는 쿼스트. 절대로 클리어가 불가능할 것만 같은 퀘스트들도 뚝딱뚝딱 클리어해 버리는 오빠 아닌가. 그 대단하다는 보스몹도 '푹퍽푹퍽 푹억푹억'인데.

"어쨌든. 사람이 언제나 완벽할 수는 없지. 가끔 실패도 하고 그래야 인간미 넘치는 거 아니겠어?"

손석기가 '원격 촬영 기법' 스킬을 통하여 저쪽의 상황을 생생하게 전달해 주고 있었다.

"오빠가 직접 나가서 맞이하지 않은 것이 그렇게 분한가 봐요. 눈이 시뻘게졌어요."

"그것도 그렇고, 루펜달이 저놈보다 더 논리 없고 뻔뻔하거든."

한쪽 벽면. 저쪽의 상황이 영화처럼 재생되고 있는데, 제법 재미있었다.

"나는 황제폐하를 모시는 대사제 제라툰이다!"

"나는 형님을 모시는 펫 1호 루펜달이다!"

제라툰은 혼란스러웠다. 형님은 그렇다 치는데.

'펫 1호? 그게 뭐지? 내가 아는 펫? 애완동물?'

제라툰은 이놈에게 지고 싶지 않았다. 아니, 질 수 없다. 어떻게 자신이 플레이어 따위에게 말발로 밀린단 말인가.

'펫 1호가 뭐란 말인가!'

도대체 뭔데 저렇게 자랑스러운 얼굴로, '황제 폐하를 모시는 대사제'에 대응하는 말로 사용할 수 있단 말인가.

"무엄하다! 절대악! 절대악 네 이놈! 모습을 드러내라! 감히 내가 왔는데 코빼기도 비추지 않는 것은 무슨 만용이란 말이냐!"

제라툰의 태도는 사뭇 당당했다. 과연 대공의 권위를 뒤에 업은 대사제다웠다. 하지만 루펜달의 태도는 더욱 당당했다. 기세에서 결코 밀리지 않았다. 처음에 존댓말을 써주는가 싶었더니 어느새 자연스레 반말을 사용했다.

"그나마 네가 특사이기 때문에, 무려 펫 1호인 내가 직접 나왔다. 너는 황제가 아닌데 왜 우리 군주를 나오라마라 요구하는 것이냐! 격 떨어진다! 명실공히. 난 펫 1호다!"

제라툰은 여전히 혼란스러웠다. 저 펫 1호가 대관절 무엇이길래 저토록 강조하는 거지.

제라툰은 굉장히 분노했다. 이성으로 제어하기가 힘들었다.

여동생에게 큰소리 땅땅 치고 왔다. 여기서 크게 한 건 하고 돌아가겠다고. 그런데 무시만 당하고 있다. 자존심이 상했다. 버러지만도 못한 플레이어 새끼들이 감히 자신을 농락하다니.

"이제 보니 아주 쓰레기 같은 땅이로구나. 이런 곳은 정화가 필요할 것이라 보인다."

상황을 지켜보던 한주혁이 씨익 웃었다. 시르티안에게 귓말을 넣었다.

-시르티안. 대사제에게 특별한 능력이 있다고 했었지?

-예. 그렇습니다.

-조만간 사용할 것 같군.

루펜달이 생각보다 훨씬 잘해주고 있다. 우기기로는 끝판왕 아니겠는가.

이 세상에 공기가 존재하는 이유조차도 '형렐루야 형멘이기 때문이다! 왜냐하면 형렐루야 형멘이기 때문이다!'라는 논리를 펼칠 수 있는 막가파가 루펜달 아닌가.

여기까지의 시나리오는 한주혁과 시르티안이 이미 예측했던 시나리오였다. 예상에서 한 치의 어긋남도 없이 진행되었다.

그리고 그때. 결국 제라툰이 폭발했다.

"이 쓰레기 새끼들! 너희를 이 자리에서 친히 죽여주마!"

대사제의 특수 능력이, 플레이어들은 단 한 번도 접해보지 못했던 상위급 NPC의 상위 능력이. 아서 대륙에서 처음으로 펼쳐졌다.

대사제 제라툰은 차라리 잘됐다고 생각했다.

'황제폐하께서 굳이 콕 집어 나를 보내신 이유를. 너희 따위가 알 리가 없지.'

플레이어는 허접한 놈들이다. 아무리 지들끼리 날고 긴다해도, 상위급 NPC가 보기에는 아무것도 아닌 놈들이다. 저번에도 대충 타 대륙의 소식을 들었었다. 문 타이거인지 뭔지 하는 레벨 300 정도 되는 몬스터 때문에 플레이어들의 성들이 초토화되었다고 했다. 얼마나 허접하단 말인가. 겨우 레벨 300대 몬스터 때문에 그렇게 곤욕을 치르다니.

"황제폐하께서는 지고한 사명을 가지고서. 소명의식을 가진 나를 친히 이 땅에 보내셨다."

물론 그런 거 아니다. 제라툰이 이곳으로 온 이유는 아직 제국에 '제대로 된 특사 일행'을 보내기에는 여유롭지 않기도 했고, 대외적으로 그의 여동생으로 알려진 아일라가 대공에게 입김을 불어넣었기 때문이다.

또한 그의 성격을 알고 있는 대공이 가서 시비 좀 걸어보라고, 한번 떠보라고 보내본 거다.

"나는 형님의 총애와 은총을 받아 너를 맞이하러 나왔다. 펫 1호의 영광된 이름으로."

"나를 굳이 보내신 이유. 나의 커다란 능력. 나의 권능. 너희는 그것에 굴복하며 큰 힘을 두려워할 것이다."

놈들은 성기사들을 단 한 번도 접해보지 못한 피라미들이니까. 제라툰은 그렇게 생각했는데.

루펜달이 피식 웃었다. 어차피 논리로 대응할 생각은 없다. 그냥 떠오르는 대로, 마음대로 입을 열었다.

"고추도 작은 게 어디서 큰 것 타령이야?"

그 말에 제라툰의 얼굴이 붉어졌다. 대단히 화가 난 것 같았다.

"네 이놈!"

"어. 딱 걸렸네. 고추 작네. 아. 슬프다. 궁금한데…… 대사제면 그거 못 키워?"

대사제 제라툰의 몸에서 빛이 번쩍였다. 하얀색 빛이 생겨남과 동시에 알림이 들려왔다.

-대사제의 특수 권능. '성기사 소환 의식'이 시작됩니다.

고추가 작다는 루펜달의 말에, 제라툰은 이성을 잃었다.

-대사제의 특수 권능. '성기사 소환 의식'이 진행되는 동안 모든 전투가 일체 중지됩니다.

루펜달은 실실거리고 웃었다.

'그래그래.'

어떻게 이렇게 형님의 예상에서 한 치도 벗어나지 않을 수 있는 거지.

"음. 어차피 못 치네?"

"너는 멸망을 맞이할 준비를 하라. 경건에 물든 단죄의 회초리가 이곳에 임할 것이다!"

대사제 제라툰의 입에서 무언가 알 수 없는, 해석이 불가능한 언어가 튀어나왔다. 굳이 표현해 보자면 'Pnemono Ultilimitederia Merssong Midatida Vequite Labatan' 정도 되겠다.

루펜달은 저 언어가 무엇인지 깨달을 수 있었다.

'아. 저게 신언이구나.'

설정상 신언이라는 게 존재했다. 물론 플레이어들은 신언을 직접 본 적이 없다. 설정상으로 존재한다는 것만 알고 있을 뿐 플레이어들은 접해보지 못했던 신세계라는 얘기다.

새로운 영역. 하지만 루펜달은 그것에 그다지 위축되지 않았다.

"어차피 고추도 작은 게."

신언? 그딴 거 알 게 뭐냐.

"형렐루야 형멘! 형렐루야 형멘! 형렐루야 형멘! 형렐루야 형멘!"

신언에 질 수 없다는 듯 형렐루야 형멘을 빠르게 외쳤다. 흡사 랩을 하는 것 같았다.

제라툰은 여유로웠다.

"네놈은 분명히 악 속성의 적폐무리겠지."

신언을 사용하는 와중. 성기사를 소환하는 이 신성한 의식 속에서 다른 놈들은 자신을 공격할 수 없다. 그러나 자신은 아니다. 특히 악 속성 무리에게 커다란 힘을 발휘할 수 있다.

그는 짐짓 여유롭게 마법명을 말했다.

"홀리 라이트닝."

루펜달에게 번개가 떨어져 내렸다. 하얀색 번개. 그 광경을 실시간으로 지켜보던 한주혁이 재미있다는 표정을 지었다. 천세송도 그 번개를 봤다.

"오빠. 저 마법……."

"맞아. 세아가 예전에 썼던 마법이지."

홀리 라이트닝. 하얀색 번개가 떨어지는 마법이다. 세아는 저것의 상승 마법이라 할 수 있는 '세븐 라이트닝'을 많이 사용했었다.

"성좌와 사제가 마법을 공유하네."

단순히 제국이 문제가 아니라, 제국과 함께 얽혀 있는 신전까지도 성좌의 편이라는 뜻으로 해석할 수 있을 것 같다.

한편 제라툰은 확신했다. 이 마법은 악 속성 개체에게 매우 큰 힘을 발휘한다. 일부러 성력 설정을 그렇게 했다. 다른 속성에게는 그다지 큰 힘을 발휘하지 못하지만, 악 속성은 즉결처분이 가능할 정도로 기형적인 속성 마법이다.

번쩍!

빛이 번쩍였다. 순간 모든 시야가 백색으로 물들었다.

'네놈은 끝이고.'

눈앞의 저 재수 없는 미친 펫 1호. 저놈은 악 속성이라고 생각했다.

"어……?"

그런데 아니었다. 하마터면 성기사 소환의식이 끊어질 뻔했다.

크하하하!

웃음소리가 터져 나왔다.

"나는 신성한 펫 1호다."

루펜달은 자신 있게 외쳤다.

"그리고!"

그는 더욱 자신 있게 외쳤다.

"나는 성좌다! 이 똥 대가리야! 1도 안 아프다!"

제라툰은 의식에 집중했다. 저 펫 1호라 주장하는 미친놈은 이제 잊기로 했다. 지금부터가 중요했다. 플레이어 놈들에게 감히 대사제를 몰라본 죄가, 제대로 대접하지 못한 죄가 얼마만큼 무겁고 무서운 것인지 알려줘야 했다.

알림이 들려왔다.

-성기사 군단이 모습을 드러냅니다.
-성기사의 권역이 펼쳐집니다.

JTBN의 손석기는 지금의 상황을 JTBN 채널을 통해 방영했다. 순식간에 접속자가 폭주했다.

-성기사? 대박이다.
-설정상으로만 존재하던 거잖아.

플레이어와 NPC의 갭 차이로 인해서, 마주칠 일이 없었던 상위급 설정값. 성기사 소환.

-그럼 저게 대사제인가?

-저기 아서 대륙 같은데.

-아서 대륙 맞음.

-새로운 대륙 창조했는데, 거기서 무려 대사제랑 싸우는 거임?

그들에게 있어서 이것은 완전히 새로운 콘텐츠였다.

-절대악이랑 성기사랑 싸우면 어떻게 됨? 여기 3층성 없음?

3층성이 있다면 비교적 정확하게, 객관적인 시선으로 설명을 해줄 텐데.

-성기사면…… 클래스 높은 상위 설정개체인데…….

-근데 상대가 절대악이잖음?

-절대악은 안 보임. 루펜달만 보이는데.

그런데 화면 속 루펜달이 사망했다. 검은 잿더미가 된 루펜달은 이렇게 외치고 있었다.

-이것이야말로 순결한 순교! 형님을 위해 바치는 나의 목숨은 아깝지 아니하다!

루펜달은 성기사에게 제대로 반항하지 못했다. 모습을 드러낸 성기사들은 가슴에 붉은색 십자가가 새겨진 중갑으로 무장을 하고 있었는데 모두 새하얀 백마를 타고 있었다.

-와. 저건 뭐임?
-성기사 군단…… 이런 느낌인데?
-눈 깜짝할 사이에 루펜달 죽임. 루펜달도 나름 고수 아님?
-고수지. 성좌인데.

하지만, 루펜달은 제대로 반항조차 못 하고 죽었다. 그만큼 성기사들의 능력치가 뛰어나다는 얘기였다.

제라툰이 자신만만하게 외쳤다.

"나의 힘은 악의 무리에게 빛을 선사할 것이다."

성기사 군단 주위로 하여, 제라툰의 발밑을 중심으로 하여 하얀색 마법진이 피어올라 있었다. 그곳에서는 형상을 파악하기 어려운 하얀색 글자들이 연속해서 위로 뿜어져 나왔다.

제라툰은 자신만만하게 말을 이어갔다.

"이것이 바로 대사제의 권능. 신성 권역이다."

발 빠른 네티즌들이 '신성 권역'에 대하여 알아봤다. 신성 권역에 대한 설정을 찾아냈다. 에르페스 제국 소유의 대도서관에 존재하는 정보란다.

-신성 권역은 악 속성 무리에게 카운터라 할 수 있음. 신성 속성 개체에게

는 버프를, 악/마 속성 개체에는 엄청난 디버프를 선사하는 상위 성마법임.

상위 성마법.

-절대악에게 카운터가 될 수 있다는 거 아님?
-절대악이 왜 신전과 싸우고 있지?

어쩌면 절대악이 이번에는 판단을 잘못한 것 아닐까, 하는 생각들을 하게 됐다. 그도 그럴 것이 이 정도 되는 '상위 성마법'은 플레이어들이 여태껏 보지 못했던 류의 전혀 새로운 것이었다. 완전히 새로운 상위 마법이고, 여태껏 접하지 못했던 상위 NPC였다. 무려 대사제라니.

-절대악이 엄청나게 강한 건 맞지만…… 속성상 너무 불리함.

3충성의 부재를 틈타고 인터넷 논객이라 주장하는 수많은 이들이 절대악의 불리함을 피력했다.

-이 정도면 절대악의 독주를 막기 위한 시스템의 제재 아님?
-그럴 수도 있음. 그냥 내버려 두면 밸런스가 지나치게 붕괴되니까. 제우스가 움직였을 수도 있음.

사실 따지고 보면 밸런스 따위는 이미 붕괴된 지 오래지만, 하여튼 많은 사람들이 그렇게 주장했다.

　순식간에 루펜달을 죽여 버린 제라툰 역시 소환된 백마 위에 올라탔다.

　"나의 자랑스러운 성기사 군단이여. 성스러운 기마대여……! 악의 무리를 토벌하고 신께 영광을 돌릴지어다! 이곳. 악의 땅에서 신성한 전쟁을 선포한다."

　제라툰은 자신감에 가득 찼다.

　"펫 1호? 그렇게 높음을 주장하더니 별거 아니로구나."

　펫 1호. 뭔가 자신이 모르는 엄청난 뜻이 있다고는 생각한다. 펫 1호가 뭔지는 모르지만, 하여튼 2인자 정도 되는 것 같다. 그 2인자가 이렇게 허망하게 죽었다. 단 일격을 피하지 못했다.

　제라툰은 흐뭇하게 웃었다.

　"2인자를 보면 1인자도 알 수 있는 법."

　사실 루펜달은 2인자도 아니고, 말 그대로 그냥 펫 1호를 자처하는 플레이어일 뿐이지만 제라툰은 제대로 오해했다. 덕분에 자신감이 가득 찼고.

　"2인자가 이 정도면 1인자의 수준도 알 만하구나."

　제라툰의 백마가 루펜달의 시체. 검은 잿더미를 짓밟았다. 루펜달이 계속 이상한 소리를 해댔다.

　"이것이야말로 진정한 순교다."

　"네놈이 운 좋게 악 속성이 아니라는 것을 감사하게 생각해야 할 거다."

악 속성이었다면, 지금 이 신성 권역에서 완전히 델리트가 되어버렸을 테니까.

상황을 지켜보던 한주혁이 일어섰다.

"됐다."

루펜달이 참 대응 잘했다. 한주혁은 전혀 화가 나지 않는 모양새로 말을 이었다.

"내 특사를 내 영토에서 죽이다니. 이것 참 화가 나는군."

천세송은 그런 오빠를 보면서 배시시 웃고 말았다.

"오빠. 왜 화 안 나는데 화난다고 그래요?"

표정을 보아하니 일부러 죽으라고 내보냈다. 보니까 루펜달 아저씨도 자기가 죽을 거라는 걸 이미 알고 있던 모양이다.

"그러고 보니 세아 언니도 여기 없고."

한세아. 7번 성좌 루나도 이 자리에 없다. 아마 저쪽에 파견이 되었을 것 같다. 부활을 사용하기 위해서.

그리고 노크 소리가 들려왔다.

"들어오세요."

이주랑이었다. 워프 마스터 이주랑이 몸에 완전히 달라붙는 원피스를 입고서, 육감적인 바스트가 위압감을 뿜내며 걸어왔다.

언제나 그렇듯 사무적인 목소리로 말했다.

"부르셨습니까?"

"가죠."

"알겠습니다."

여기까지의 계획. 이미 전부 그려진 거다. 워프 마스터 이주
랑과 앱솔루트 네크로맨서 천세송. 그리고 절대악이 워프했다.

좌표는 이미 설정되어 있었다. 루펜달의 검은 잿더미. 거기
가 좌표다.

워프를 끝내자 성기사 군단이 눈에 들어왔다. 한주혁은 전
혀 화가 나지 않는 모양새로 다시 한번 말했다.

"아. 정말 화가 나서 어쩔 수가 없군요. 몬스터 토벌 때문에
너무 바빠 잠시 자리를 비운 그 상황에서. 나의 충성스러운 신
하가 목숨을 잃다니. 이런 비극이 있을 수가."

한주혁이 모습을 드러내자 제라툰이 오만한 눈으로 한주혁
을 내려다보았다.

"네놈이 절대악이냐?"

"그렇습니다만. 아주 안타까운 일이 벌어져 있네요. 왜 제
아들 같은 이를 죽였습니까?"

물론 전혀 아들 같지 않지만, 대외적으로는 그래야만 했다.

"군주로서. 저는 이 책임을 대사제에게 물을 것입니다."

쉽게 말해. 네가 먼저 쳤으니까 이제 나도 친다? 더욱 직접
적으로 표현하면 이런 거다.

"강냉이 털릴 준비해라."

2인자로 추정되는 이를 맛본 제라툰은 전혀 위축되지 않았

다. 오히려 더 화가 났다.

"신성 권역의 힘이. 악의 무리를 처단할 것이다."

그와 동시에 마법진이 더욱 환하게 빛나기 시작했다. 하얀색 글자들이 위로 솟구쳤다.

한주혁은 느낄 수 있었다.

'이건……'

신성 권역. 상당히 상위급의 성마법인 것 같다.

-저항에 실패하였습니다.

-능력치가 대폭 하락합니다.

-아수라파천무/아수라극천무/악의 추적/악의 결계 스킬이 봉인됩니다.

파천심공으로 저항할 수 없는 특수한 권능을 품은 마법진이다.

한주혁이 옆을 힐끗 쳐다봤다. 자신이 이 정도로 영향을 받았다면, 앱솔루트 네크로맨서인 세송은 더 큰 영향을 받았을 거다.

제라툰이 웃었다.

"흐흐흐. 꼴좋구나. 오만방자한 네놈들을 내 친히 처단하겠다."

그때까지 제라툰은 의식하지 못했다. 자신감에 도취되어 보지 못했다.

눈앞의 절대악이 전혀 당황하지 않고 있다는 사실을. 이런 상황쯤 이미 전부 예측하고 있는 것처럼 행동하고 있다는 사실을 말이다.

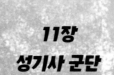

11장
성기사 군단

"흐흐흐. 꼴좋구나. 오만방자한 네놈들을 내 친히 처단하겠다."

제라툰의 이 말은, 전 세계의 JTBN 시청자들에게 커다란 반향을 불러일으켰다.

-헐 대박. 뭔가 통한 모양인데?

-저거. 절대악의 몸에 생긴 하얀색 고리 같은 거. 디버프 스킬 같음.

-하얀색 고리가 여러 개 생겼는데?

절대악과 앱솔루트 네크로맨서의 몸에 하얀색 고리가 생겼는데, 저것이 디버프 스킬의 일종이라는 의견이 팽배했다.

-확실히 대사제쯤 되니까 저런 게 되는구나.

성기사 군단만 해도 놀라웠다. 어마어마한 힘을 가진 것 같았다. 1번 성좌 루펜달을 너무나 쉽게 죽였으니까.

일반인들 기준으로는 1번 성좌만 해도 어마어마한 고수다. 감히 범접하기 힘들 정도의 초고수. 그런 초고수가 저항조차 제대로 하지 못하고 사망했다.

-성기사 군단뿐만 아니라 아예 디버프까지 걸어버리네.
-대도서관에서 봤는데 저거 대사제의 특별권능인 신성 권역이라 함.

신성 권역이라는 키워드가 전 세계 주요 포털에 인기 검색어로 올랐다. 신성 권역. 그것이 뭔데 절대악에게까지 영향을 끼친단 말인가.

-아무래도 올림푸스의 제우스가 제재를 가하기 시작한 것이 틀림없음.
-절대악의 독주를 막기 위한 시스템적인 배려인 거 같은데.

절대악을 추앙하고 거의 경외하다시피 하는 세력이 있는 반면, 또 질투하고 욕하는 무리도 있게 마련이다. 이 세계에는 다양한 사람들이 살고 있으니까.

-솔직히 절대악이 지나치게 밸런스 붕괴 캐릭인 건 맞지. 밸런스가 붕괴

되면 게임은 망함. 그나마 올림푸스니까 안 망했지.

　-이건 게임이 아니잖아. 현실과 완전히 밀접한 관련이 있는데 어떻게 망함? 현실에서 밸런스 붕괴라고 현실이 망하냐?

　어그로가 곳곳으로 마구 튀었다. 밸런스 얘기로 시작되어 금수저, 은수저 논란으로 이어졌다. 온라인상에서는 난리가 났다.

　-어쨌든 밸런스는 중요함. 지금 절대악은 밸런스 조정기에 들어간 것임.

　하도 그럴듯하게 말을 하는 사람이 많아서, 조용히 지켜보던 많은 사람들도 그렇게 생각했다.
　'개소리들을 하는군.'
　모니터 앞. 3충성은 그냥 가만히 있었다.
　그는 반쯤 인터넷 논객이기를 포기했다. 그의 모니터에는 이러한 글자가 새겨져 있었다.

　-절대악에게 논리나 이성은 통하지 않음. 어떻게 하는지 그냥 보면 됨. 이 병신들아.

　엔터는 치지 않았다. 인터넷 논객의 마지막 자존심이었다.
　옆에서 지켜본 바에 의하면 절대악은 논리로 어떻게 설명할 수 있는 존재가 아니었다. 오히려 간단한 논리가 훨씬 잘 먹혔다. 천세송이 늘 말하는, '푹찍푹찍 푹억푹억'. 이것이야말로 진리에 가까웠다. 적어도 절대악에 한해서는.

"그냥 봐라……. 멍청이들아."

루펜달이 괜히 형렐루야 형멘을 외치는 게 아니다. 그는 저도 모르게. 의식하지도 않은 상태에서. 올림푸스도 아닌 현실에서 중얼거렸다.

"형렐루야, 형멘."

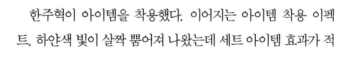

한주혁이 아이템을 착용했다. 이어지는 아이템 착용 이펙트. 하얀색 빛이 살짝 뿜어져 나왔는데 세트 아이템 효과가 적용되었다.

그것을 발견한 제라툰이 코웃음을 쳤다.

"헛수작을 부리는구나."

그래 봤자다. 악 속성 무리는 이 신성 권역에서 자유로울 수가 없다.

제라툰은 신이 나서 외쳤다.

"빛을 수호하는 기사단. 성기사들이여. 악의 무리를 섬멸하고 밝음을 인도하라. 도탄에 빠져 신음하는 어린 양들을 절망의 권세에서 구원하라!"

한주혁이 착용한 아이템은 두 개였다. 일반적인 플레이어들이라면 평생 구경조차 할 수 없는 두 개의 아이템.

-성검 세니아를 장착하였습니다.
-루폰테의 목걸이를 장착하였습니다.
-세트효과가 적용됩니다.

성검 세니아와 루폰테의 목걸이. 두 개의 신급 아이템이 모여서 이루어지는 세트 아이템 효과.

3) 세트 스킬 '달빛의 연인' 사용 가능.
　달빛의 연인: 모든 M/P를 소모하여 두 가지 효과를 발생시킴. 신급 이하의 모든 상황에서 적용.
　쿨 타임: 24시간
　-전투 중: 10분간 전투 중지
　-비전투 중: 모든 마법/스킬효과 해제

-스킬. 달빛의 연인을 사용합니다.

이미 전에 시험 삼아 사용해 본 적 있는 스킬이다. 사용하는 데에 그다지 어려움은 없었다. 신급 이하의 모든 상황에서 적용되는 상위 스킬이다.

-시스템이 현재의 상황을 종합적으로 판단합니다.

-전투 중의 상황으로 인식합니다.

-스킬. 달빛의 연인이 적용됩니다.

전투 중에는 모든 전투가 중지된다. 안전지대에 들어와 있는 것처럼 서로 간 공격이 아예 불가능해진다.

제라툰은 순간 당황했다.

"뭐, 뭐지?"

믿기 힘들었다.

'방금 분명히…… 성스러운 기운이.'

비록 돈으로 성력을 샀다지만, 그래도 대사제는 대사제다. 성력을 느끼는 기감이 탁월한 제라툰이다.

'분명 성력이었는데.'

성력이 이곳을 덮었다. 모든 전투가 중지되었다.

'공격할 수가 없어?'

공격 자체가 성립되지 않았다.

"멍청한 놈. 잠깐 시간을 벌려는 모양이지만 그래 봤자 소용없다."

저 능력이 무한한 것은 아닐 것이다. 시간만 더 있다면. 뇌물도 바치지 않는 저 쓰레기 같은 놈을 처단할 수 있을 것이다.

'놈의 재산을 깡그리 털어버리면……!'

그러면 당분간 고생은 안 해도 될 것 같다. 플레이어들 중에서는 수위를 다툴 정도의 부자라 하지 않았는가.

그사이 앱솔루트 네크로맨서가 무엇인가를 소환했다. 전투는 불가능하지만 소환은 가능했으니까.

"일어나라. 죽음의 병사여."

그러나 소환이 되지 않았다. 아무래도 신성 권역의 디버프 효과 때문인 것 같았다.

한주혁이 천세송의 머리를 한 번 슥 쓰다듬었다.

"괜찮아."

저쪽이 디버프를 걸어? 그러면 이쪽이 버프를 걸면 된다.

-스킬. 악의 독려를 사용합니다.

디버프 신성 권역과 버프 악의 독려가 한데 뒤엉켰다. 한주혁 역시 디버프의 능력에서 자유로울 수는 없었지만 천세송을 돕는 것 정도는 가능했다.

"일어나라. 죽음의 병사여."

천세송의 소환의식이 시작되자 제라툰은 대놓고 크게 웃었다.

"크하하하!"

가소롭기 짝이 없었다.

"지금 내 앞에서 사령술을?"

네크로맨서? 사령술?

"아주 생각이 없는 놈들이로구나."

그러면 그렇지. 그래 봤자 플레이어 놈들 아닌가. 대사제와 성기사 군단 앞에서 감히 사령술을 펼쳐? 언데드들은 성기사의 숨결에도 녹아버리는, 그런 하찮은 존재들이지 않은가.

천세송은 그런 비웃음에 전혀 흔들리지 않았다.

'오빠가 그렇다면 그런 거거든, 바보 멍청아!'

결국 소환에 성공할 수 있었다. 소환된 언데드의 이름은 쿠로스. 질투의 화신 쿠로스다.

며칠 전. 천세송은 이렇게 얘기했었다.

"특수 능력도 되게 재미있는 거 같아요. 신성 계열의 모든 개체에게 강력한 디버프라니."

소환된 쿠로스는, 처음 한주혁이 봤을 때와 같은 모습이었다. 얼굴이 보이지 않았다. 그때에는 하얀빛이었다면, 지금은 검은빛으로 얼굴이 가려져 있었다.

나체인 쿠로스는 온몸이 검은색이었는데, 특정 성을 나타내는 성기 등은 보이지 않았다. 인간에 가깝지만 검은색 피부를 가진 중성체 같은 느낌.

"……"

쿠로스는 언드데화된 이후로 말을 하지 않았다. 그래도 천세송이 명령하면 그 명령을 어기지는 않았다.

한주혁이 귓말을 보냈다.

-곧 10분이 끝나.

성기사들도 곧 '달빛의 연인'이 풀어질 것을 직감하고 있는 것 같았다. 이쪽을 찢어 죽일 듯 노려보는 게 느껴졌다. 제라 툰은 여전히 여유로웠다.

"그래그래. 맘껏 발버둥 쳐봐라. 발버둥이라도 쳐야 짓밟는 맛이 있지."

어느새 되살아난 루펜달이 말했다. 7번 성좌. 루나의 능력으로 부활했다.

"주제 파악을 못하네. 펫 1호도 아닌 게."

형님이 나설 필요도 없다. 저런 놈과 말을 섞는 건 펫 1호로 족하다.

"너는 펫 1호님과 대화를 나눌 자격도 없다. 펫 74호쯤 와야 겨우 대화가 되겠지."

물론 펫 74호 따위는 없다. 어쨌든 루펜달의 말에 제라툰은 기분이 확 나빠졌다.

"운 좋게 살아난 주제에 말이 많구나."

"이게 운인 줄 아냐? 순교자의 거룩한 사명도 모르는 게."

"……."

제라툰은 왠지 저놈과 말하고 싶지 않아졌다. 순교자의 거룩한 사명? 그게 왜 나와? 이성으로 이해하기 어려우니 순간 말문이 막혔다.

"이것이 형느님의 은총이다. 죽어도 살아나는 능력. 너희 집엔 이런 거 없지?"

"……."

제라툰은 더 이상 말하기를 포기했다.

절대악은 어떻게든 상대할 수 있겠는데, 저놈은 상대할 수가 없다. 그냥 자기 할 말만 끝없이 늘어놓는 놈인데, 심지어 그 말이 되지도 않는 말인데, 또 듣고 있으면 유난히 기분이 나쁘다. 절대악보다 저놈이 상대하기 훨씬 까다롭다. 그 시점에서는 그렇게 생각했다.

그때 앱솔루트 네크로맨서가 말했다.

"쿠로쿠로. 네 힘을 보여줘."

그 시점은 한주혁이 긴밀하게 조율한 시점이었다. 성기사들도 본능적으로 '달빛의 연인' 효과가 끝날 것을 알고 있었으나 한주혁만큼 정확하게 알지는 못했다. 이 효과가 끝나기 일보 직전. 한주혁과 천세송이 먼저 발 빠르게 움직였다.

-스킬. '저주의 빛'을 사용합니다.
-스킬. '질투의 땅'을 사용합니다.

제라툰은 이상함을 느꼈다.

'어……?'

아주 약간. 1초도 안 되는 그 짧은 시간에, 한주혁과 천세

송이 빠르게 움직였다. 두 개의 디버프 스킬이 쿠로스를 통해
시전되었다.

천세송에게 알림이 들려왔다.

-저주의 빛이 적용됩니다.
-질투의 땅이 적용됩니다.

둘 다 대(對)신성 계열 개체에게 매우 강력한 힘을 발휘하는
디버프 스킬이다.

한주혁에게도 알림이 들려왔다.

-저항에 성공하였습니다.
-능력치가 복구됩니다.
-아수라파천무/아수라극천무/악의 추적/악의 결계 스킬이 정
상화되었습니다.

따져보자면 이런 거다.

신성 권역 VS 파천심공+쿠로스의 특수 능력.

파천심공 혼자서는 저항하지 못했는데 쿠로스의 특수 능
력. 신성 계열에 대한 강력한 디버프 효과가 합쳐지자 시너지
효과를 냈다.

한주혁이 씨익 웃었다.

'저 새끼.'

제라툰. 저 뇌물만 더럽게 밝히는 대사제 놈. 절대악인 자신에 대한 공부를 전혀 하지 않았다. 자신에 대한 파악을 전혀 하지 않았다는 건, 그만큼 이쪽을 얕보고 있다는 얘기였다.

"흐, 흥! 제법 재미있는 능력을 가졌구나!"

제라툰은 잠시 당황하기는 했지만 이내 제정신을 차렸다.

"그렇다고 해도. 감히 너희가 성기사 군단의 힘을 이겨낼 수 있을 것 같으냐?"

자신이 펼친 신성 권역이 무력화되었다는 것은 안다.

신성 권역의 효과와 저놈들이 펼친 효과가 상쇄되고 있다. 하지만 괜찮다. 성기사 군단의 힘은 저놈들을 압도하고도 남으니까.

"성기사 군단의 능력을 네놈들이 알 리 없지. 진을 펼쳐라. 빛의 군대여!"

한주혁은 여전히 여유로웠다.

"나를 치려면. 적어도 나에 대한 공부는 좀 하고 와야지."

원래 뭐든지 철저한 준비가 필요하다. 공부를 할 때에도 예습을 하면 훨씬 유리하고 편하다. 예습 없이 공부하면 굉장히 빡세다. 물론, 현실적으로 예습 잘 안 하긴 하지만. 제라툰도 그런 경우다. 절대악에게 어떤 능력이 있는지 미리 공부해왔다면 이런 수를 택하지는 않았을 거다.

"허세를 떠는 것도 여기까지다."

"내가 보니까 너희랑 성좌랑 연결되는 것들이 좀 있네."

성좌의 마법을, 저놈들도 사용하지 않았던가. 성좌의 능력이 저놈들에게 있다고 해도 이상할 것은 없었다.

"성좌랑 너희에게는 공통점이 있어."

분명하다. 마법도 그렇고. 특수 능력도 그렇다. 어쩌면 '성좌'의 존재는 제국의 능력을 미리 알려주는, 그러한 용도일 수도 있다.

말하자면 절대악 맞춤식 예습이라고나 할까. 그런데 능력적인 것 말고도 또 다른 공통점이 있었다.

"둘 다 존나 맞을 거라는 거지."

한주혁이 씨익 웃었다.

"아플 거야. 좀 많이."

"개소리를 지껄이는군. 빛의 군대 앞에서 어디까지 허세를 부릴 수 있는지 두고 보겠다."

그때 한주혁에게 알림이 들려왔다. 제라툰에게는 불행하게도, 한주혁이 진작부터 예상하고 있던 알림이었다.

자신의 권능이 제대로 먹히지 않았음에도 불구하고 제라툰은 자신 있었다. 그는 성기사 군단을 믿었다.

-성기사 군단의 특별한 진이 형성됩니다.
-성기사 군단으로부터 전투 신청이 확인되었습니다.

한주혁이 씨익 웃었다.

'이건.'

이 능력은 전에도 본 적이 있다. 시스템이 미리 예습시켜 주었던 능력 아니겠는가.

-성기사 군단과의 전투는 특별한 방식으로 치러집니다.

-성기사 군단과의 전투는 '진'을 이룰 수 있는 특별한 힘이 필요합니다.

성좌의 능력. 전 광휘의 지휘자 채순덕의 특수 능력. 기병대는 기병대로만 싸울 수 있다. 군단이라는 이름을 가지고는 있지만 기본적으로 저 성기사들은 기병대의 형태를 띠고 있다.

한주혁이 이미 경험해 봤고 충분히 알고 있는 능력이다. 모르면 당하겠지만 알면 당하지 않는 능력. 예습을 철저히 잘해 놨다.

"토러스 기병대."

토러스 기병대가 모습을 드러냈다. 토러스 기병대장 타우가 목소리를 높였다.

"주군을 뵙습니다!"

토러스 기병대는 '악' 속성의 NPC들이 아니다. 한주혁이 얻게 된 일반 NPC다. 따라서 제라툰의 특수 능력으로부터 훨씬 자유롭다.

-스킬. 악의 독려를 사용합니다.

악의 독려까지 사용했다. 이 상황을, JTBN 채널을 통해 지켜보던 전직 광휘의 지휘자 채순덕은 황당했다.

"언니. 쟤한테 정보 안 줬어?"

"……줬어."

제라툰에게 분명 정보를 줬다. 절대악이라는 플레이어가 있고, 플레이어 중에서는 최강의 힘을 가지고 있다고. 성좌의 특수 능력으로도 상대하기가 거의 불가능에 가깝다는 정보를 보고의 형태로 올린 적이 있었다.

"내 능력에 관한 설명은?"

"……했어."

채순덕은 이해할 수 없었다.

"근데 저 새끼 왜 저래?"

"……."

광휘의 지휘자. 그 특수 능력을 분명히 알려줬는데.

"분명히 알려줬는데 제대로 기억 안 한 거지?"

"보고서 자체를 안 읽은 것 같네."

"병신 새끼!"

Siri와 채순덕은 제라툰이 절대악을 없애지는 못하더라도, 크게 한 방을 먹일 수 있다고 생각하던 차였다.

여론도 그렇게 흘러가고 있지 않은가. 대사제쯤 되는 NPC. 올림푸스의 신인 제우스가 밸런스 패치를 위해서 특별히 보낸 권능의 NPC라는 말이 인터넷상에 파다했다.

Siri는 신음성을 삼켰다.

'밸런스 패치…… 라…….'

지금도 여전히.

-밸런스 패치가 들어가는구나. 하긴 절대악이 너무 사기캐이긴 했음.

-근데 절대악이 약화되면 한국에 안 좋은 거 아님?

-차라리 절대악이 지금처럼 밸붕 캐릭터여야 한국에 좋을 텐데.

라는 여론이 형성되어 있고 이제 갓 집권 초기에 들어간 청와대와 조해성 대통령도 잔뜩 긴장하고 있는 상황이다.

조해성이 물었다.

"어떻게 흘러갈 것 같습니까?"

지금 모든 업무가 손에 잡히지 않을 지경이다. 밸런스 패치라니? 절대악이 약해진다니? 절대악이 패배한다니?

'내 지지기반의 99퍼센트는 절대악의 절대적인 힘인데.'

절대악이 약해지면 절대로 안 된다.

'나는 정치적 기반이 없다.'

자신이 대통령이 될 수 있었던 것은 범국민적인 지지 때문이었다. 지금처럼 자신이 원하는 대로, 상식이 통하는 세상을 만들기 위한 정책들을 실천하는 것도 국민적인 지지 덕분이다.

'그 국민적인 지지가…… 절대악으로부터 나오는데.'

청와대도 비상사태를 인지했다. JTBN 채널에 집중했다.

'제발……!'

대통령은 절대악이 이번 위기를 잘 넘어가기를 빌고 또 빌었다. 이제 겨우 집권 초기다. 지금 탄력을 받지 못하면 상식이 통하는 사회를 만들기 어려워진다.

기존 기득권들. 말하자면 신귀족 세력들은 여전히 공고한 힘을 가지고 있다. 그들이 지금껏 이루어놓은 아성이 만만치 않다. 별별 일로 자신을 물어뜯으려고 호시탐탐 기회만 노리고 있다.

조 대통령은 손톱을 물어뜯으며 상황을 지켜봤다.

'……어?'

그런데 조금 이상했다.

"비서실장님. 지금 제가 보고 있는 게 맞습니까?"

"……."

비서실장도 순간 대답하지 못했다가 정신을 차렸다.

"예. 저도 정확히 보고 있습니다."

화면 속 절대악이 기병대를 소환했고 한 기병대원(타우)의 등 뒤에 탔다. 진 속에 녹아 들어갔다. 화면 속 제라툰이 '그까짓 허접한 기병대로 성기사 군단을 상대할 수 있을 것 같으냐?'라고 자신만만하게 외쳤는데 정말 자신만만하기만 했다.

화면 속 절대악이 말했다.

"……뭐냐?"

성기사 군단이라고 그래서 좀 재미있을 줄 알았는데. 상당히 센 놈들일 줄 알았는데.

"……너무 약한 거 아니냐?"

솔직히 기대하지 않았다면 거짓말이다. 아무리 돈으로 샀다지만 어쨌든 성력을 가진 대사제가 처음으로 플레이어들 앞에 본격적으로 모습을 드러냈다. 자신만의 권능을 뽐내며 성기사 군단을 소환했다.

그런데 그 결과가 눈에 차지 않았다.

타우는 애석한 듯 말했다.

"주군. 저희들에게 할 일을 남겨주십시오."

진 속에 녹아 들어간 절대악. 그 역시 지금 이 순간만큼은 기병대의 일원이었다. 기병대의 일원이 된 절대악은 타우와 함께 전장을 누비며 주먹을 뻗었다. 주먹은 바람을 갈랐고 주먹에 스친 성기사들은 그 자리에서 사망했다.

한주혁이 멋쩍게 웃었다.

"아니, 스쳐도 죽을 줄은 몰랐지."

내 주먹이 센 건 이미 알고 있었는데. 두꺼운 갑옷으로 중무장한 성기사들이 스치자마자 사망할 줄은 몰랐다.

제라툰은 현실을 믿을 수 없었다.

"……"

현실을 부정했다.

'이건 환상이다.'

환상이다. 어떻게 성기사들이 주먹에 죽는단 말인가. 그것도 스친 주먹에.

"……."

그러나 이것은 현실이었다.

'……아. 좀 기대했는데.'

제대로 된 대사제가 아니라서 그런 건가? 저런 애가 소환한 성기사라서 약한 건가?

'아니면 내가 너무 센 거야?'

결론을 내렸다.

'둘 다.'

지금껏 플레이를 해오면서 자신보다 강하다고 짐작되는 상대는 딱 두 번밖에 못 봤다. 황궁의 상위급 NPC라 짐작되는, 기척을 읽을 수 없었던 NPC와 데미안.

한주혁은 진심으로 투덜거렸다.

"아. 근데. 인간적으로. 이건 좀 너무하지 않냐? 너무 약한데?"

좀 억울할 정도였다. 식후 운동거리 정도는 되어야 적당히 삶의 활력도 있고 재미도 있는데. 등장만 요란했지 실속이 전혀 없지 않은가. 재미없는 알림이 또 이어졌다.

-대사제 제라툰이 분노합니다.

-퀘스트 클리어를 실패하였습니다.

한주혁이 한숨을 내쉬었다.

"이건 뭐. 재미도 없고. 감동도 없고. 스릴도 없고."

그 말은 JTBN 손석기를 통해 JTBN 채널에 고스란히 전달되었다. 여론이 후끈 달아올랐다.

-밸런스 패치라고 어그로 끌던 애들 다 어디 감?

'ㅋㅋㅋㅋㅋㅋㅋㅋ'가 도배되었다. 그도 그럴 것이, '절대악 약화론' 혹은 '절대악 밸런스 패치론'을 꺼내 들며 여론을 주도하는 수많은 사람들이 갑자기 모습을 감추었기 때문이다.

반대로 형렐루야 연합원들은 신났다.

-형느님 가라사대. 재미도 없고 감동도 없고 스릴도 없다. 쉽게 말해 좆만이다.

-밸런스 패치? 그게 뭥미. 먹는 경미? 우걱우걱.

사람들이 이 상황에 환호성을 내질렀다. 특히 가장 크게 만세를 외친 사람은 다름 아닌 한국의 젊은 대통령. 역대 최연소의 나이로 대통령이 된 조해성이었다.

"만세!!!"

그랬다가 문득 정신을 차렸다. 흠. 흠. 흠. 흠. 헛기침했다.

주변에 아무도 없으면 좋겠지만 현실은 그렇지 않았다. 옆에는 비서실장이 있다.

"……봤습니까?"

"……못 봤습니다."

"……봤지요?"

"……전혀 못 봤습니다."

"무엇을 못 봤습니까?"

"대통령님께서 만세를 외치는 장면을 못 봤습니다."

둘 사이에 어색한 침묵이 흘렀다. 둘은 원래 친분이 있던 사이다. 비서실장은 방금 좀 충격을 받았다.

'조해성 대통령이……. 저렇게 크게 만세를 부르는 건 처음 본다.'

대통령 당선이 되었을 때에도 저 정도는 아니었다. 감정표현을 굉장히 억제하는 대통령인데. 방금은 정말 기뻤나 보다.

'하긴…….'

지금은 아주 중요한 시기다. 기득권층과의 전쟁을 벌이고 있는 중이다. 그 전쟁의 가장 든든한 지원군인 절대악이 약화되는 것은, 조해성의 꿈이 망가지는 것을 뜻하기도 했다.

비서실장이 말을 돌렸다.

"어쨌든 정말 다행입니다."

"그렇습니다. 정말 다행이군요."

비서실장은 속으로 생각했다.

'한 사람의 단순 플레이가…… 대통령을 들었다 놨다 할 정도라니.'

재미있게도 사실이었다. 오죽하면 청와대가 대내적인 비상 상황을 발령했을 정도겠는가.

위기를 모면한 조해성이 말했다.

"그나저나 절대악의 힘은 정말 대단하군요."

"대사제쯤 되는 NPC를 저렇게 어이없게 무력화시켜 버리다니……. 저도 많이 놀랐습니다."

"이번만큼은 절대악에게 위기가 닥쳤다고 다들 예상했었죠?"

"제가 파악하기로는 그랬습니다."

비서실장은 이러한 상황을 몇 번 맞이한 것 같은 기분이 들었다.

"따지고 보면……. 예전부터 늘 이랬던 것 같습니다. 절대악에게 어떤 위기가 닥치긴 하는데……."

"절대악에게는 그것이 위기가 아니다?"

"예. 항상 대중들은 그것을 위기로 파악하기는 합니다만……."

대중들은 '이번에야말로 절대악이 위험할 것이다'라고 예측을 하지만 그 예측은 어김없이 빗나갔다.

"제가 기억하기로는 데르앙 전투에서부터 이런 상황이 반복되었던 것 같습니다."

조해성이 한숨을 내쉬었다.

"돌이켜 보면 그렇군요."

그 상황의 연속이다. 지난 일들이 데자뷰처럼 눈앞에 떠오르는 것 같았다.

"어쨌든 대단하군요."

화면을 쳐다봤다. 화면 속 절대악이 말하고 있었다.

한주혁이 말했다.

"너는 내 충성스러운 신하를 별다른 잘못도 없이 죽였다."

한주혁의 표정만 보면 매우 화가 난 것 같았다. 그러나 동생인 한세아는 알았다.

'저 오빠. 연기하네.'

별로 화 안 난 거 같다. 루펜달은 비록 죽었지만 부활로 되살아났고, 플레이어들은 '죽음'에 그렇게까지 민감하지는 않다.

어쨌든 한주혁은 겉으로 보기에 굉장히 화가 난 것 같았다.

"……나, 나를 이렇게 대접한 것을 후회하게 될 것이다."

"돌아가서 전해라."

지금은 전 세계가 지켜보고 있는 중이다. 한창 들끓던 절대악 밸런스 패치론을 한 방에 무너뜨린 절대악이 말을 이었다.

"간 보지 말라고."

"……무, 무어라?"

한주혁은 이미 알고 있다. 제국과는 양립할 수 없다. 언제가 됐든, 제국과는 반드시 부딪친다. 그 시기의 문제일 뿐.

"너 따위 쓰레기를 보내서 나를 떠보지 말란 뜻이다."

조금 기분이 안 좋다. 떠보는 건 괜찮다. 아직 제국의 여유가 그렇게 많지 않다는 것을 뜻하기도 하니까. 여유가 있다는 얘기다.

그런데 좀 떠보려면 제대로 된 애로 해야하는 거 아니겠는가. 대사제쯤 된다고 하길래, 조금 재미있을까 기대했더니 그렇지 않았다. 역시 소문난 잔치에 먹을 것 없다는 말이 딱 맞았다.

'재미있는 콘텐츠를 가져와야지.'

그래야 게임도 재미있지. 한주혁은 이제 단순히 올림푸스를 돈벌이용으로 플레이 하는 게 아니다. 그는 지금 올림푸스를 즐기는 단계에 이르렀고 제라툰의 등장은 적잖이 실망했다.

그에 반해 JTBN 시청자들은 눈을 크게 떴다. 그들의 손가락이 빨라졌다.

-지금 제국에 선전포고 하는 거임?

-와. 제대로다. 절대악 클라스.

-대박이다. 에르페스 제국한테 말하는 거 같은데. 저 대사제란 놈. 에르페스 특사잖아.

그 흐름이 어찌 됐든, 플레이어가 에르페스 제국에게 이런 말을 한 적은 없었다. 아니, 애초에 에르페스 제국에 이런 말을 전할 수 있는 위치에 오르지도 못했다.

그런데 그 타이밍에 에르페스 제국 발 대규모 퀘스트가 진행됐다. 소식이 빠른 JTBN 시청자들이 그 소식을 물어 날랐다.

-어. 갑자기 대륙 단위 대규모 퀘스트 발생인데?
-엥? 에르페스 제국이 주는 퀘스트?

이런 경우는 처음이었다. 일개 NPC가 주는 것도 아니고 무려 제국이 퀘스트를 부여한단다. 한국 기반의 센티니아, 루니아 대륙 전체에 떨어진 전체 퀘스트. 올림푸스가 시작된 이래로 200년 역사상 가장 큰 규모의 퀘스트였다.

물론 한주혁에게도 그 알림이 들렸다. 한주혁이 알림을 확인했다.

'이게 뭐지?'

to be continued

Wish Books
마왕성 플레이어
트레샤 퓨전 판타지 장편소설
WISHBOOKS FUSION FANTASY STORY
신들의 전장, 하멜.
집으로 돌아가기 위한 마지막 싸움.
믿었던 동료가 배신했다!
[영혼 이식의 대상을 선택해 주십시오.]
뒤바뀐 운명. 최약의 마왕. 그리고…….
"이번에는 좀 다를 거다!"
어둠 속에 날카로운 칼날을 감춘,
마왕성 플레이어의 차가운 복수가 시작된다.

Wish
Books

무공을 배우다

목마 퓨전 판타지 장편소설
WISHBOOKS FUSION FANTASY STORY

"무(武)를 아느냐?"

잠결에 들린 처음 듣는 목소리에 눈을 떴을 때,
눈앞에 노인이 앉아 있었다.

"싸움해 본 적 있나?"
"없는데요."

[무공을 배우다.]

20년 동안 무공을 배운 백현,
어비스에 침식된 현대로 귀환하다!

'현실은 고작 5년밖에 지나지 않았다고?'

Wish Books

우진 현대 판타지 장편소설
WISHBOOKS MODERN FANTASY STORY

다시 태어난 베토벤

1827년 한 남자의 죽음으로 고전 시대가 저물었다.

그러나
그가 지핀 낭만의 불씨가 타오르니
비로소 새로운 시대가 열렸다.

긴 시간이 흘러 찬란했던 불꽃도 저물어 갈 즈음.
스스로 지핀 불씨를 지키기 위해
불멸의 천재가 다시 태어났다.

〈다시 태어난 베토벤〉

마치 운명이 문을 두드리듯
힘차게 손을 뻗어 외친다.
"아우아!"

쥐뿔도 없는 회귀

목마 퓨전판타지 장편소설

불친절하기 짝이 없는 이세계 '에리아'.
그곳에 소환된 '이성민'.

13년의 생활 끝에 죽음을 맞이한 그에게
또 한 번의 기회가 주어졌다.

재능이 없다.
그러나 그에겐 13년의 기억이 있다.

우연처럼 엮인 필연이, 그리고 목적이
그를 앞으로, 더 높은 곳으로 나아가게 한다.

이성민은 무엇을 바라였는가.
무엇이 되고 싶었는가.

"나는 다시 살아가 보고 싶다.
전생보다 나은 삶을."